# 生活牧歌

闻钟 著

黄河出版传媒集团
宁夏人民出版社

**图书在版编目（CIP）数据**

生活牧歌 / 闻钟著. — 银川：宁夏人民出版社，2016.10
ISBN 978-7-227-06480-0

Ⅰ. ①生… Ⅱ. ①闻… Ⅲ. ①诗集—中国—当代
Ⅳ. ①I227

中国版本图书馆CIP数据核字（2016）第268907号

生活牧歌 闻钟 著

责任编辑 管世献
封面设计 由 元
责任印制 肖 艳

黄河出版传媒集团
宁夏人民出版社 出版发行

出 版 人 王杨宝
地　　址 宁夏银川市北京东路139号出版大厦（750001）
网　　址 http://www.nxpph.com http://www.yrpubm.com
网上书店 http://shop126547358.taobao.com http://www.hh-book.com
电子信箱 nxrmcbs@126.com renminshe@yrpubm.com
邮购电话 0951-5019391 5052104
经　　销 全国新华书店
印刷装订 宁夏凤鸣彩印广告有限公司
印刷委托书号 （宁）00003244

开　　本 787 mm × 1092 mm 1/32
印　　张 11 字　　数 190千字
版　　次 2017年1月第1版
印　　次 2017年1月第1次印刷
书　　号 ISBN 978-7-227-06480-0/I · 1678
定　　价 36.00元

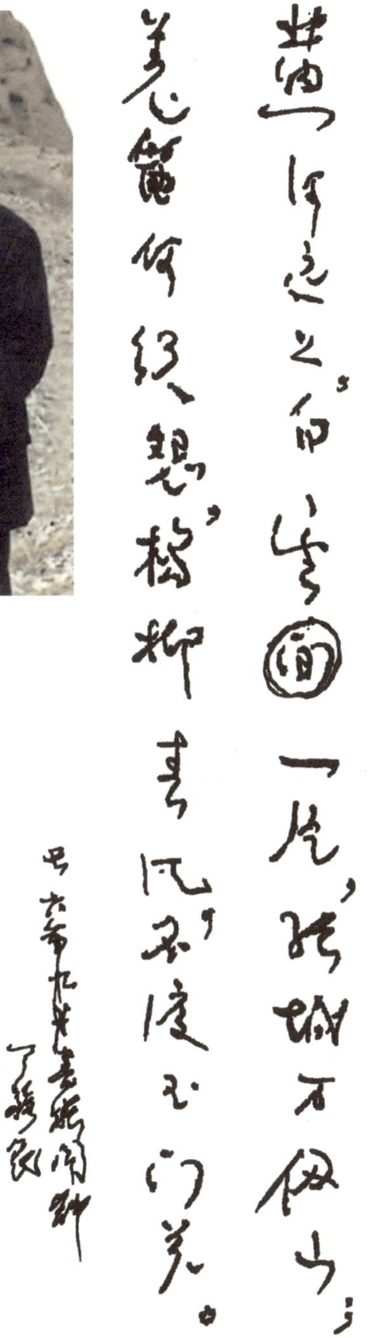

丁毅民手迹

## 缅怀词

● 闻钟

鞠躬为民　　尽瘁报国
廉明清正　　胸襟磊落
忠耿仁义　　刚直不阿
宠辱不惊　　安危不惑
辩才无碍　　诗词丰硕
风神轩朗　　旷迈超脱
心系百姓　　救助颇多
口碑心铭　　颂君恩德

闻钟同志：

大札敬悉。专业创作一事，我与红兵、张武、国忠同志皆商量过。国忠大概有信告诉你。现在作协苦于无钱，如有钱，象你这样的作者，每年工资不过一千多元，不管出不出作品，先养三年再看也可。我正在争取85年有几万元经费，如能到手，兄之问题想必能解决，如不能到手，一切设想皆要落空，不仅是兄之转专业问题。

请兄利用目前的条件，多出作品，为我区文化精神文明建设添一砖一瓦。这样作协以后谈论也较方便。其余闲杂事，兄大可不必介意。

以上意见，仅供参考，未必正确。

请颂

秋安！

张贤亮

1984.9.28.

著名作家、宁夏回族自治区文联原主席张贤亮复函

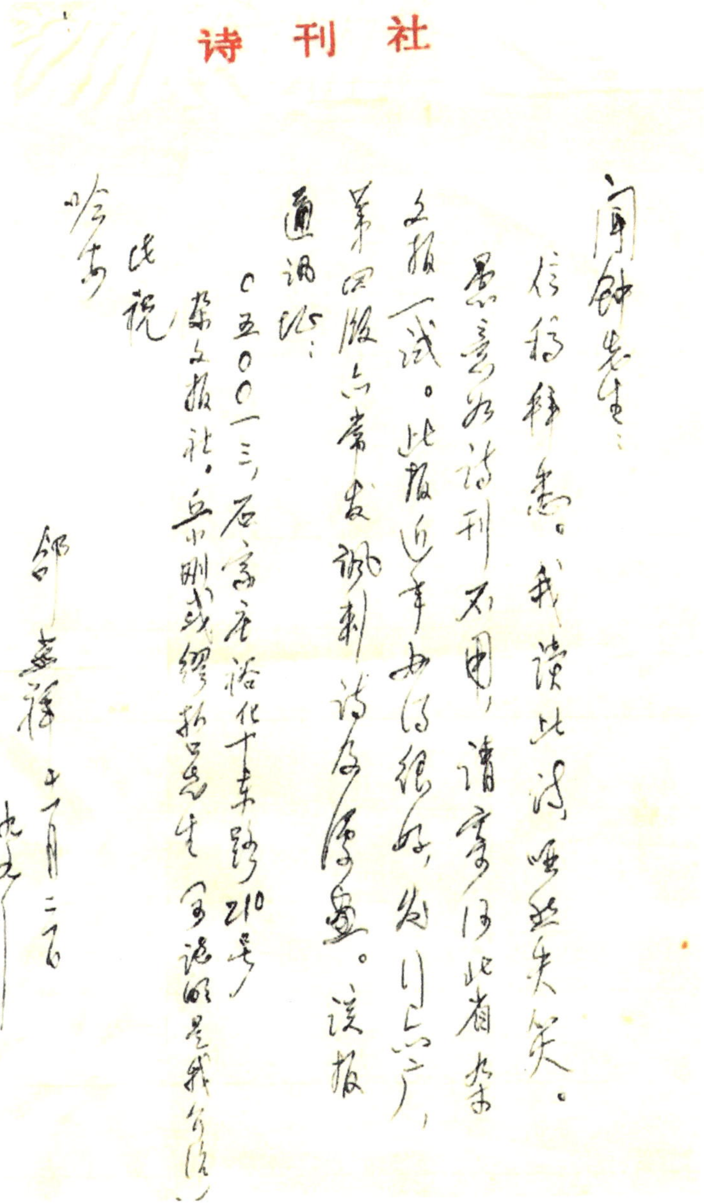

诗刊社

闻钟先生：

信稿拜悉。我读此诗哑然失笑。恐怕我们诗刊不用，请寄河北省杂文报一试。此报近年办得很好，发行亦广，第四版上常发讽刺诗和漫画。该报通讯地址：

〇五〇〇一三，石家庄裕华东路210号，杂文报社，岳小刚或缪[illegible]先生（可说明是我介绍）

此祝

吟安

邵燕祥 十一月二日

[illegible]

著名诗人、《诗刊》原主编邵燕祥复函

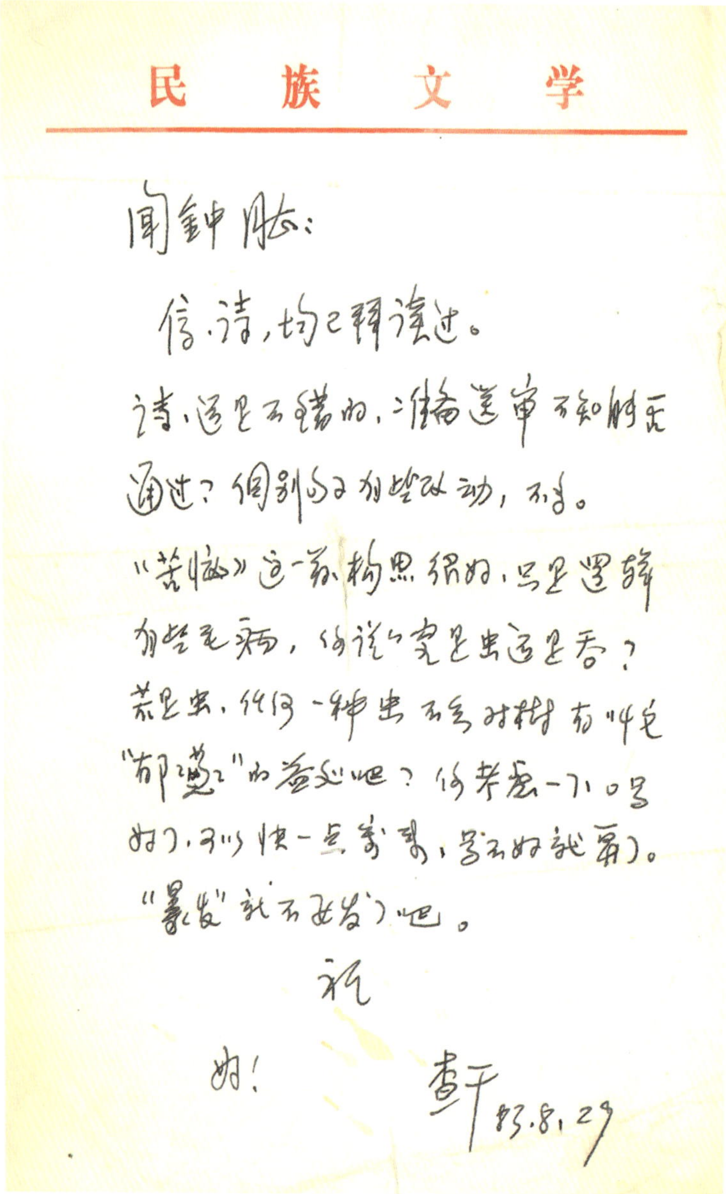

民 族 文 学

闻钟朋友：

信、诗，均已拜读过。

诗，还是不错的，准备送审，不知能否通过？個别的字句有些改动，不多。

《苦恼》这一首构思很好，只是逻辑有些毛病，你说究竟是虫还是蚕？若是虫，任何一种虫不会对树有什么“郁葱”的益处吧？你考虑一下，如写好了，可以快一点寄来，写不好就算了。

“暴发”就不要发了吧。

祝

好！

查干 83.8.29

著名诗人、《民族文学》编审查干复函

# 诗学语录

诗人的职责在于描述某些已发生的事，合乎可然律、成为必然律可能发生的事；既然相合，他就是诗的创作。只有在适当的时候、对适当的事物、在适当的人、在适当的动机下、在适当的方式下所发生的感情，才是适度最好的感情，这种感情即是美德。

〔古希腊〕亚里士多德《诗学》

“一根最细的头发也有影子”（荷兰学者伊拉斯莫斯语）。尤其通过诗，想象力才能得到调解。没有比毫无体验的想象更可怕了（《格言和感想集》63·489）。要是他只能表达他自己的那一点主观情绪，他还算不上什么；至于主观诗人，很快就把他内心生活的那一点材料用光，而终于陷入“习套作风”了（黑格尔《美学》称“主观的作风”）。

〔德国〕歌德《谈话录》

没有比真更美了，只有真才是可爱。只有自然才是真，一接触就能感到。

〔法国〕布瓦洛《诗的艺术》

滥用语言，各种各样的巧妙手法和稀奇古怪表现，各种各样象形文字和谜语，把天性中合乎人情的东西完全抛到九霄云外了。看起来仿佛是由热情的独创的形象化语言所组成的，实际上是他们自己创造出来的，在各种不同程度上违反了健全的理智和天性。

〔英国〕华兹华斯《抒情歌谣集序言》

1. 诗是“是”与“否”；她本身之中是“是”；而我们之中是“否”。那从她之排出来的东西——我知道是什么——托生于整个赝伪和矫作的族系中，所以只有他是诗的反叛而污秽的堕落天神。

2. 诗是自北至南——想象——知识；自东至西——感觉——爱的十字架。

3. 诗是凭借着祈祷，爱的流溢，想象的自由创意或纯哲学的思想的、语言的创造。

4. 诗是自动地占据着人类具体热情的一个积体——差不多整个灵魂——所让出的空间的、相等的精神切望的体积。

5. 诗是人的神明光辉的影子，没有人，她不会存在；然而，她都引导着他，而且可以说自发着他。

6. 诗发着闪电，而诗人仍然把那惊骇的雷拿在手里——他的震响的炫目的诗章。

7. 诗为诗人而存在于一切之中，只除了他自己的诗句。

〔西班牙〕狄戈《谈诗》

他要歌唱 / 为了忘却 / 真实生活的虚伪 / 为了记住 / 虚伪生活的真实

〔墨西哥〕奥·帕斯《诗人的墓志铭》

# 目录

SHENGHUOMUGE

## 第一辑　生活牧歌

## 第二辑　血色野蔷薇

## 第三辑 通肯河之波——闻钟诗体自传（节选）



## 第四辑 诗的掇拾



## 附 录

# 第一辑

S H E N G H U O M U G E

# 生活牧歌

# 祖　国

祖国啊！你的名字崇高辉煌，
任何赞美的语言都显得逊色；
只能站起来从头到脚抚摸，
指认你留给我的吻印和胎记，
用母亲教子牙牙学语的直白，
说我属于你，你也属于我。

你属于我出生的第一声儿啼，
这是我向谜一般的世界宣告，
第一次取得中国人的资格；
我属于你的一滴水，一粒土，
以生命的基因决定我的存在，
知道没有饭吃，人就没法生活。

因而你属于我童年漂泊的足迹，
每一步也有打鬼子的枪声回响，
每一步都伴随民瘼的哀叹起落；
因而我属于你第一面五星红旗，
它曳着霞光映入我稚嫩的眼波，

而那时还不懂历史是怎样开拓。

你属于我上小学时第一页新课，
我曾在地图上寻找自己的方位，
一遍遍、一遍遍画着你的轮廓；
这时我才属于你的山脉、水系，
包括每一棵小草、每株花朵，
但不属于绊脚石头或荆棘藤索。

你属于我走向社会第一个起点，
虽然道路很长，崎岖而又坎坷，
为了你，那一步绝没有迈错；
我立志属于你的城乡甚至荒漠，
但绝不与城狐社鼠为伍，
吃饱肚子，又啮啃贪婪和吝啬。

因而你属于青春的追求与遐想，
用银亮的清泉净化心灵，
让我思维的触须伸向每个角落；
我属于你的冬夜冰雪，春日信风，
感受什么是寒冷，什么是温和，
爱与憎，才同样强烈而又深刻。

所以我属于你昨天的阴差阳错，

你被切去十年丢进时间的黑洞，
我被切去腰部将臀部与双肩缝合，
差点没把性别也术成两个；
你让我不属于整人的遗风痉挛抽搐，
从蒲松龄玩的一张画皮下逃脱。

而今看到价值观不容扭曲倒挂，
倒退的不反而按进步鼓吹提倡，
愚昧的不反而按文明误导操作；
所以要你还属于原来的那个我，
以原来的那股清风正气，
重新把我稀释了的情感浓缩。

你属于人杰地灵“厚德载物”的你，
教我懂“种瓜得瓜，种豆得豆”哲理，
识别什么是“真美善”与“假丑恶”；
假如我属于你赐予的一百次出生，
还愿做一铲泥，去造屋铺路，
或者是一棵草，守护田埂堤坡。

你和我同属于今天和明天，
搭上了最快的一列动车；
看“廉生威”，生出中国梦领航人，
也正有你赐予的胆略和气魄；

反腐甚得民心经济必然腾飞，
你和我多么不可分割，啊！祖国。

原载于《贺兰山》1983年第四期

尾节2014年8月15日改

# 故乡的江

少年时过桥，你送我的礼物，
兜一缕江风穿进你名字的针孔，
不论我走多远也牵动九曲回肠；
每一次抚摸地图触碰江岸，
就像婴儿抚摸母亲的乳房，
是你的奶汁哺育了我，
　　　　松花江啊！故乡的江。

江水里有特殊物质与精神含量，
哺育的人都有人的情感和气节；
坦诚，像田野里初春的瑞雪，
豪爽，如江流飞泻浪花激荡；
对朋友哪怕逃荒行乞也相待如宾，
对敌人横眉冷对如数九的冰霜。
　　　　松花江啊！正直的江。

多少回在你岸边串亲访友，
看不够漫山遍野大豆高粱；
尝罢高粱米水饭，咸鸭子，

再来碗大楂子云豆，小葱蘸酱；
不比那灯红酒绿万金聚宴，
也胜过稀有野味与珍馐糕汤。
　　　　松花江啊！富饶的江。

你给了我肌骨，也给了我歌喉，
最爱唱的是那支《松花江上》；
从江北拉哈辫编织的马架里出生，
这支歌就伴着妈妈的呜咽回响，
见过爸爸从炕洞里抽出枪管，
踏着歌的击节走向抗日战场。
　　　　松花江啊！英雄的江。

唱着这支歌，从抗战到渡江南下，
你献出多少财富和优秀儿郎；
一人参军，十辆满载粮车陪送，
儿子入伍，老子肩扛担架跟上；
搞建设，多少原油原煤原木，
汇成另一条江河与人一路同往。
　　　　松花江啊！忠诚的江。

我也是下关东垦荒者后代，
找野鸭蛋钻过塔头、柳墩和草莽；
却没曾用牛心镐磨出两手老茧，

空握茧子象征贫穷的纪念章；
而是接过祖国交给的另一种工具，
在一排排方格里开垦诗行。
　　　　松花江啊！智慧的江。

塞上江南像个绿色大琵琶，
用条条渠水拧成银弦弹唱，
音韵里却亮出黑天鹅的翅膀，
载着我的梦去浏览北国风光；
抹过东方名都墨绿色阁楼尖顶
去问候太阳岛江鸥，防洪碑群像。
　　　　松花江啊！心中的江。

2014年8月15日改定

# 告慰母亲

我的母亲出身农家没上过学
却会用《中华字典》所有的词条
回答她一生确定的哲学命题
“冻死迎风站，饿死不倒槽”
连读过孔孟的爸爸也抄袭克隆
“贫贱不做贼，饥馑不为盗”

妈妈生我，她那满头自来卷秀发
就在桃木梳子齿缝里沉重脱落
一根一根裹进通肯河边狼尾巴草
饱蘸泥浆拧成拉哈辫编织的马架
是母亲论文起笔的第一个逗号

爸爸推牌九一天输掉十垧地
气得跑马占荒的爷爷骂到三星照
威胁要杀败家子，霍然进厨房
妈妈顾不得披挂就跳出炕头
赤裸裸下跪为爸爸担保求饶
爷爷不敢看一眼就关门放回刀柄

我第一次看见妈妈的胴体
是维纳斯长出肘腕劝赌的素描

日本鬼子投降，却一手交枪缴械
一手打开“731”试验厂的大铁门
将百万只携带细菌老鼠放归田巢
通肯河畔瘟疫肆虐，挨家挨户病倒
爷爷与全村的老人接踵而去
爸爸躺在病床呜咽也声低气弱
妈妈看我命大又爬起来站立
为父买药只好雇给算命盲人领道
爸爸临终大呼我乳名说“对不起”
嘱妈妈改嫁也供我进京城名校
妈妈送夫去、盼儿归的眼泪
流到爸爸坟台灌溉离离荒草
我才带回“20 圆”东北币
是妈妈教我靠迎风站的两腿走路
也喂养虱子蚊蠓获取第一笔回报

妈妈也是百里河川出名的美女
穷不短志、美不多娇、穷美洁身自好
对改嫁劝婚的媒妁冷拒柴门之外
把五个孩子放进清清白白的柳篮
用干干净净的扁担一肩双挑

缺衣少粮，用她育肥的猪羊添补
上学读书，到鸡屁股下拿作业本铅笔刀
把我们都供进县城省会
被扁担压弯的皱纹才轻轻舒展
我看见妈妈满脸朝霞荡漾的微笑

接她进城，告别拉哈辫马架
走出苦难的天堂、贫穷的襁褓
妈妈眼望猪圈食槽一步一回头
最后留下她不知疲倦挺直的身影
让草檐下的燕子旋飞留恋地鸣叫
直到妈妈迎风站立的两条腿
去重新体验质本洁来还本去的感觉
到白茫茫真干净处选择火
与太阳月亮一起燃烧
释放白色热线，还是提醒我们
注意调正步态，活着更要走好
告慰母亲，你教我们走到今天
冻不着，热不着，饿不着，渴不着
闲不着，累不着，什么也不缺少
只有你人生的论文是唯一收藏
我会向你孙子的儿子一代一代传教

2014年9月21日改定

# 缅怀丁毅民

原宁夏回族自治区革委会副主任、政府副主席、顾委副主任丁毅民逝世周年祭。

我用小学加减法计算
你归去的 2009.6.3 减去
你出生的 1921.4.28 等于
你从山东沂水县东里店
到达宁夏回族自治区首府银川
1500 公里陆路走了 89 年
还是来之快，去之急
行色匆匆，中留时短
不像我拜“一字师”
你演示《凉州词》故漏“间”字
就让王之涣活过成吉思汗
将盛唐七言绝句改写元人小令

黄河远上
白云一片
孤城万仞山
羌笛何须怨

杨柳春风
不度玉门关

而今不知你去关外古道
浏览防沙林网，丝路景点
还是又上西海固黄土高坡
去考察脱贫致富的战略进展
我还爱读你生平《满江红》：
十六年少抗倭寇　秘线机旋
履军职　鲁中支队政治委员
挥戈鏖战沂水滨　率部游击沂蒙山
只打得鬼子全败降　功庆还
国耻靖　民仇浣　解放后　重任担
驾长车转建宁夏山川
坚持真理反受害　英雄无辜也蒙冤
待极“左”施恶取乐足　终平反

我用代数、几何列题
计算出你走过多少三角弧形
却也像醉酒，解不出你到底
度过多少光明，多少黑暗
其实你从不经意读懂自己
大落　有大痛而无大悲
大起　感大幸而不大欢

涌伏宕荡　由之高下
波澜壮阔　顺其自然
构筑大地之子的立体人生
横看竖看也蔚为壮观
高贵人格的规范造型
留给社会一首叠韵诗篇
堂堂正正　老老实实做人
清清白白　勤勤恳恳干事
坦坦诚诚　厚厚道道待人
磊磊落落　大大方方处事
因而你仁者爱人　广交良友
联系群众　不设门槛
口中嚼食　耳听民怨
济困扶危　仗义执言
刚直不阿　上不媚羡
宠辱不惊　辩才无碍
风神轩朗　旷迈超凡
你留给我生活的诗魂啊
追梦也同时追加对你的怀念

2010年6月3日初稿

2014年9月13日改定

# “9·27”祭

凄对孤灯　捧读你寄我的遗札
重温命运相似情必相通的知心话
我不相信张贤亮会匆匆走了
“14927”该是你变更的电话号码

君知三国嵇康诗曰“荣名秽人身”
我用裴多菲羽翎笔把“秽”字抹擦
你当然是爱神高举的大地之子
一身荣名都是爱火熔铸锻打

同群未必同仁　类聚也良莠混杂
兄弟咫尺　才有时敬而远之如天涯
但你的去处　不论谁也迟早必去
愿都像你无损无愧无悔无憾无挂

你把满腔热血都倾注笔墨
灌溉绿化树　浇筑精神的高楼大厦
从《灵与肉》飞上凤凰塔的俊鸟是你
看霓虹灯下正有你大作激情迸发

2014年9月27日闻张贤亮噩耗之夜

# 车厢里的眼睛

开往矿区的班车出发，高原
的太阳热烈欢送，给车厢装
满七月的暑热；大地也让树
木庄稼瓜棚果园厂房农舍和
峰岩沟壑沿全程五十公里柏
油路夹道欢迎，怪不得停车
三次就超员拥挤，把翻窗而
入的风也挤得热辣辣地燎人

老的少的半青不老地“挂”
在扶手上，她“挂”在无座
号车票上，她的孩子“挂”
在袒露的乳头上。她是矿工
妻子是妇科大夫刚接第一胎
的母亲，是个水灵灵的母亲

本来还不算挤得结实，彼此
总能不时闪出一道小小空隙
却在她那象牙雕刻般的脖颈
挤出水珠，挤出一条一条亮

晶晶的小溪，汇入她脑后那
黑亮的瀑布，打湿了鬓丝打
湿了半开襟连衣裙纽扣，打
湿落在胸前的蝴蝶翅膀，任
暗藏的两只洁白的鸽子不住
地啄着，啄着，而不能起飞
车厢像摇篮悠悠晃动，晃出
婴儿蒙眬睡意，她疲惫地弯
下腰身，而后微微曲起双膝
让孩子睡在两条弹性丰满的
大腿上，睡在欲坐不便欲起
不能的一尊维纳斯雕像之怀

就在她身边，在紧靠车窗的
软靠背软坐垫长椅上，坐着
少男少女的初恋。女的脸蛋
紧贴男的下颌假寐，男的搂
着女的脖子似睡而不睡，像
长臂猿搂着一个稀有的水蜜
桃，舍不得咬一口，只向口
干舌燥的炫耀“望桃止渴”
的故事。但咂嘴弄舌者并非
吞噬口水，只看桃色半熟半
生，不知内核是否丰满充实

那炫耀假寐的刺激，使挂在
脑神经的眼睛脱钩，落下一
串摔不响的责问，当然也有
无声的欣赏、借鉴以及羡慕

忽见后面有人寻找眼睛，也
是女人。是年过半百而风韵
犹存的女人，是体态丰腴长
相端庄受看的女人。她不是
起“挂”票的旅客，而是舒
舒服服坐在靠背椅上，可借
半窗云影驱烦除热，凭一对
亮眸摄取山光水色。但她却
和“挂”着的人也把眼睛摔
出去，摔在那搂桃的长臂上
又从那假寐的睫毛上滴溜溜
滑落，落在欲起不能欲坐不
便的母亲怀中，烫醒了婴儿
哇哇的哭闹。于是她收回眼
睛抛出良心，让孩子和母亲
坐在自己的位置。她说她也
是母亲生的，而自己生的女
儿也做了母亲。她是矿区托
儿所保育员，保育一大帮来

自百家姓的孙男孙女，保育
一大帮孙男孙女母亲之欣慰
因而她既有不老的童心，又
有单纯、复杂而崇高的母爱

一位母亲的母亲加入“挂”
的行列，一串串“挂”不住
的眼睛又落在她身上，落在
她进行特殊操练的“稍息”
“立正”节奏，落在她银丝
微露的发卷和沁出细汗的脸
上；就在她掏出手绢擦汗的
瞬间把一串串眼睛抖落窗外
落进路边沙枣林和林边庄稼
地落进田边渠水和渠边小路
又飞上乡村大道飞上车前公
路驰向遥远，比路，更遥远

原载于《朔方》1990 年 4 月号

# 六盘山路

车进山峡不敢浮躁急进
只能像甲虫掉进染缸里蠕动
染上漫坡花香　一林鸟语
甩过急转肘弯　绕过缓冲弧形
哪里有林则徐禁烟获罪流放足迹
哪里是成吉思汗射大雕的弓
只见历史的分层盘进路基
如油光光磁带在轮下旋转
播放红军长征会师的欢呼声
车抵峰顶　没有两脚跋涉血泡
却忽然感到临产的阵痛
分娩物理和哲学“双胞胎”定律
过沟洞———曲线迂回跨越
上陡坡———斜面三角运动
不虚荣浮躁盲目直上
就不会误入从零到零的捷径
六盘山是历史第一个分号
路　还在一盘一盘延伸攀升

2010 年 7 月 10 日于固原

# 贺兰山

没数过重峦叠嶂之间有多少
蓝马鸡咕咕叫的原始森林
肉眼看水的高度
肯定超过山顶的云
河床垂直、缓急、四十五度角倒立
雨后让四面八方游客自己模仿
瀑布跳下黄果树的落差
黄河流进壶口的声音
滚钟口古刹钟声悠远
绕过拜寺口双塔尖顶
直奔抛物线折曲嶙峋巉岩
护守千年的西夏王陵
北京人现实说这是中国金字塔
上海人浪漫说侬嘎太美咪
不知埃及人是否赞叹代替骄矜
而人是第一风景线
“贺兰”蒙古语，“骏马”乃中文
合译成民族团结名片
挂在万马奔腾的贺兰山

# 沙波头纪游

在腾格里瀚海徒步跋涉
发现这里是一块神奇的大陆
别处种瓜得瓜种豆得豆
这里哟，座座沙丘像谷仓
却非米市而号称“沙都”

治沙人描绘的当代风景线
任火车汽车在“沙岭”来去无阻
创造出沙经济、沙文化
让被湮埋的楼兰梦出土
世界名流前来观光
“OK！”大拇指翘出鼓肚

这里的树，都比别处的绿
别处是绿在万绿中
难得绿个醒目
这里哟，千里大漠一抹黄
黄金翡翠镶九曲

东北樟子松挽着西北红柳
像情人撑着阳伞悠闲漫步
南美火炬树伴着北欧的枫
也不远万里来瀚海落户
腾格里捧出偌大的金盘
盛着个绿得透明的珍珠

这里的花，都比别处香馥
别处是香在花香里
难得香个突出
这里哟，种花容易开花难
花开香气格外足

中原紫穗槐，香染风云
塞上沙枣花，香透泥土
沙生植物园万花吐蕊
蜂蝶纷飞扇起阵阵香雾
黄河甩下闪光的锦带
给大漠系上香得醉人的花束

这里的果子，更有浓郁甜度
别处是甜有甜来比
难得甜个特殊
这里哟，开花容易结果难

结果就甜你个不亦乐乎

尝罢“黄元帅”，再品“玫瑰香”
嚯！粒粒像姑娘的黑眼珠
鲁南大鸭梨，关中水蜜桃
压弯枝头欲滴果子露
沙波头特有的色香味
招来的游人“乐不思蜀”



昔日刀耕火种，发芽不生根
生根不长叶，长叶又干枯
而今五湖四海群芳荟萃
山花烂漫如画图
任漠风横吹流沙侵袭
看“死亡之海”流沙退步
听大漠鸣钟和驼铃声里
根在呼吸叶在哗笑花在歌舞

原载于《宁夏日报》1999年7月4日

# 沙 湖

东有黄河荡污涤垢奔流不息
西有贺兰天然屏障万仞壁立
中有麦田稻秧交织的渠网
新月似的沙湖　哪里来的

下有泛碱的土壤正在治理
高速路边林木枝叶绿得欲滴
上有漠风卷来沙暴远去
蓝缎似的湖水　怎么清的

沙滩是湖口开启的柔唇
讲述宁夏北戴河发现的传奇
给游人吻出塞上奇迹的美感
出水沙浴真叫痛快淋漓

水是沙和芦苇过滤澄清
日耀金　月辉银　群星戏鱼
一墩墩苇丛迸发绿色激情
荡轻舟照影寻梦　出画入诗

2011 年 8 月 5 日于银川

# 游龙潭

头上　高崖触天
脚下　涧深千尺
走在峭壁半腰小路
只恨不如猴子灵
缺少山鹰翅

望山色染绿潭水
水比山色绿
如儿时观井
惊恐来自距离
心　一半悬在空中
一半提手里

传说泾河老龙抢过
东海水晶宫三闺女
柳毅传书救妹
现在何处定居

忽闻洞中雷吼
莫非老龙拦我去

原是隧道里
飞珠溅玉水轮机
老龙改了脾气
一口一口吐绿液
一串夜明珠
一川好粮米

1998年8月6日于固原

# 钟声·笑声

很久没有听过这钟声了
今晚又回荡山村静谧的夜空
在人们的记忆里，它敲碎了多少
酣眠的、半睡的、醒着的梦

连记忆也敲碎了，而今夜谁都说
不是夜战，也不是召集把工分评
连那些耍嘴皮、动心眼巧取工分的
也和大伙一样两手磨出老茧层层

广播高喊上映《月亮湾的笑声》
怪不得漫天星星也笑得直眨眼睛
场上的笑声比钟声更洪亮
每一串笑都是责任田金色的收成

它在储蓄存款的算盘珠上跳跃
又落入缝纫机压脚下的线码针孔
在试新衣的姑娘们酒窝里旋转
在炫耀新车的小伙们眼波里闪动……

原载于《朔方》1982年1月

# 老槐树

即使把臂膀拉长一倍
也无法把这桥墩似的树干抱拢
经几番雨打风撼，依旧郁郁苍苍
给大地披下一块清凉的绿影

几个天真的孩子在树下嬉耍
光腚的穿上新衣，穿袄的没了补丁
小脸蛋像早晨枝头的果子
丰腴的鲜嫩里含着粉红

小哥哥打着“永久”车铃树下过
二妹子稳坐车后喜上眉峰
她就是从老槐树身边飞走的
想嫁到外乡，又恋着小哥哥的音容

新政策使穷坑变成富窝
远去的凤凰又飞回家乡的梧桐
虽然他俩不是七仙女配董永
老槐树倒是爱情媒介，幸福的见证

原载于《朔方》1982年1月号

# 夸

耕畜责任饲养，掉进福窝了
好料舍得多加，寸草过三刀
东院大叔，半宿进三次畜棚
西邻二婶，一夜查看六遍槽

病牛，七天康复上了套
瘦马，一月长成滚瓜儿膘
弱骡，走路不再腿打摽
癞驴，脱光一身虮子毛

往年还是这挂车，出门拉“返销”
空车也“趴窝”，一鞭不敢轻着
这回卖余粮，鼓溜溜的大麻袋
高与人齐，前出车辕，后出车梢

车轮上路，大鞭一甩——“啪”！
颠颠，颠颠，一路小跑
往返百里县城，两头见太阳
嘿！卸车时，马撒欢，骡子蹽高

原载于《朔方》1982年1月号

# 访

来访队长，心急情迫，
队部锁了门，家门上了锁，
问薅草大嫂，扶犁老哥，

原来队长正在责任田里锄禾；
一柄银锄像拉满的弓弩，
不停地在地垄苗间飞射。

近前说来意，请他歇息片刻，
他大手一摆，指指邻地小伙；
咱正和这年轻人赛个火热！

“如今搞生产，不用半夜催上工，
‘拉拉队’把地皮磨蹭得冒火，
无奈动辄把小的‘撸’、老的‘克’。”

他已把采访的主题说破，
内容嘛，听禾苗拔节声里，
人们的汗珠——叭叭地落。

原载于《宁夏群众文艺》1983年3月号

# 重　访

书记陪我初访
瞧罢衣着铺盖
又看粮袋油瓶
大嫂携儿床边坐
多像审判开庭
盯着我的毛料
书记穿的尼龙
看得书记心发酸
羞我面赤耳红

今日卷土重来
又进这家院庭
黄犬跳跃高呼
鸡鸭列队欢迎
老牛、毛驴吹号
额头佩红穗
脖颈系铜铃
铃声叮咚
奏出山乡生活

何等多情
大嫂来迟了
歉意挟带责怪声
都怪时逢“六一”
二丫三娃裙和裤
叫人忙不停
该死的缝纫机
响声突突
啥也顾不得听

孩子放学了
又亮出几对眼睛
大嫂扭着脸
差点笑出声
笑我布褂未洗
书记衣褶不平
何必乔装改扮
看而今城乡生活
正加速合拢

原载于《贺兰文艺》1984年12月号

# 熟 人

我熟悉她
她不认识我
我家院门她敲过
门前马路她走过

正寒冬腊月
见她眉眼清秀
腰肢婀娜
走在长街上
人流涌浪波
时髦小姐
笑她空有如花貌
逍遥公子
遥指讥她衣裳破
她轻拂鬓丝甩亮辫
目不斜视
面无愧色

我心中嘀咕

不满更难过
假如她当演员
也许能上挂历
倘若站柜台
顾客定比别处多
不买东西
也要被她的笑容
吸歪了脖子
脚步难移挪

今又重逢
我在窗外参观
她在教室讲课
爱人等放学
接她专用摩托车
见她更比当年俊
脸蛋胖出酒窝
远客提旧事
她不往正题说
“快快到家喝茶
再尝尝
油炸馓子糖酥馍”……

原载于《贺兰文艺》1984年12月号

## 渡 口

大河抖开一匹丝绸
渡船往来像熨斗
把太阳洒下点点碎金
熨进黄色涛峰绿色浪沟

这岸船坞　彼岸码头
一船船新货往来不休
那边卸下日用百货
这边又装上瓜果粮豆

啥时候雪浪漫上船舷
上来一群肥羊包围舱楼
船船满载也熨不平
大河褶皱　两岸笑口

1999 年 7 月 10 日于石嘴山

# 听 涛

我在岸边听涛　白鸥水中听雷
雷声报信　年年北往南归
人的志向　该像大河东去
历百曲千折　而信念不摧

怀古铁马金戈　剑舞刀挥
思今西征劲旅　南下军威
大河千古沉浮　淘尽英雄几辈

听涛声如痴　看潮涌如醉
时代变了　音韵和谐更美
响如高速轮音　隐如田禾吐穗
急如电子振荡　迅如“嫦娥”起飞

憧憬重新组合　破碎收拢融汇
再经一次手术　还我不老须眉
换上童心追梦　诗与浪花同飞

2011年8月于惠农

# 电

一切的摩擦，都会生热或冒火，
一切火与热，却不都能产生电波；
看龙潭水在发电站的水轮机下，
正被一疙瘩一块地切削、研磨，
就像车刀旋出蓝色的弧线，
砂轮飞转里散开曳光的粉末。

虽说这透明液体不是出炉钢水，
倒像被拨丝机抽成无数微细的丝，
在轻音乐磁带里盘绕，在荧光屏映射；
在夜市和农舍的灯下挥洒，
灯里不正有龙潭水波的透明，
和浪花溅起的阳光闪闪灼灼……

原载于《宁夏日报》1984 年 11 月 28 日

# 山 林

这里的山，是一股一股冒出来的，
山上的树，是一片一片流下来的；
流动，就有顺有逆有不平的落差，
山景才显得如此黄绿嫣紫掺杂。

我听见根须在流动时沙沙的声响，
我看见树荫在流动时微微的摇晃；
在育林人每一串脚印里打着旋涡，
从有树的地方涌向没有树的荒漠……

原载于《宁夏日报》1984 年 11 月 28 日

# 山里人和树

小园里，云杉幼苗成行，
屋前是一溜盆栽油松；
水波有树的青枝摇曳，
树的枝头亮着他的眼睛。

有人说梦也在树下游荡，
就像久别的情侣相约重逢；
不论抚弄松针还是梳理发丝，
常常在笑醒之后还以为是梦。

早起看树，晚归问树，
串门也用树给闲拉填空；
有时手攀松枝眺望远山，
像对孩子祝福、叮咛。

在幼树成林的山坡，
风，诉说着山里人对树的感情；
每一圈年轮，
都有他心灵的回声。

原载于《宁夏日报》1984年11月28日

# 夜　声

寄宿林场招待所，睡不着，
“夜游症”犯了，又踏月“巡逻”
过前庭后院，如浏览矿山井巷，
只见旅伴们还在灯下开拓。

老教授正给林业厅长写信，
水土涵养林不能再受蚕食切割；
公安干警审视黑色的铅弹和斧锯，
思考着怎样惩治偷猎盗伐罪恶。

最忙碌的，是报社记者，
拍了几个胶卷，又把新闻写作；
这生活的蜜蜂找到最美的花海，
要以电讯的翅膀把信息传播。

站住！无名诗人，还转悠什么？
抠不出警句，这夜声不就是收获；
看林场这绿色宝岛的夏夜，
蕴藏多少抒情诗、散文和小说。

原载于《六盘山》1984 年第 4 期

# 秋　景

秋与春的种子
同眠于一粒黑夜
在光与热的辐射下
睁开睡醒的眼睛
以生长的张力冲破封闭
在大地温床孵出诗情

然而蜜蜂传播
不都是花朵的广告
枝叶郑重着色
根也隆隆作响伸延
以急促的沉淀
分辨太阳月亮的光谱
早热黄与晚热绿
重叠的层次是丰蕴秋景

1981 年 8 月 10 日于银川

# 草原彩虹

细雨轻轻地飘过去了
好一道彩虹凌空斜挂
彩虹泻入明镜般的海子
映出湖光天景一幅彩墨画

是早来的春天给彩虹润色
它才显得格外艳丽、无暇
它泛着电子的弧光，油海的金波
钢水的红涛，金谷的光华

出浴的草原披上时代锦衣
畜群像斑斓的佩玉、琼花
春风轻轻地梳理她翠绿发丝
彩虹是一弯美丽的发卡

原载《宁夏文艺》1979 年第 6 期

# 小城纪事

在凝固的浪和流动的山之间
铺开一张白纸，小城就有了名字，
有了几行麻将，比大庆干打垒还红；
一种泥石流卷起砖厂水泥厂产品，
倾泄在纵横交错的柏油路，
几乎湮没所有临街的楼房平房，
以火成岩的五光十色，
胶结凝固成各种店铺，
像从法国画家布洛克的名作
飞来一群赤裸的“山林女神”，
挤在马路两旁施展各种魅力。

于是外地人像候鸟飞来，
小城有了小道消息童谣民谣顺口溜。
外地“钱工”喜欢小城人不爱多嘴，
外地台球桌像四蹄蒙古马，
三五成群陆续跑来一二百，
在当年检阅“红卫兵”的广场列成方阵。
但外地推销员来到小城下店，

却不见女人深夜悄悄开门“送水”，
也没有冒牌“公安”查铺搜身，
就平衡了血压消除心房纤颤；
走遍小城用华罗庚“优选法”计算，
大小店铺摊点相加少于市民住户，
大小经商者相加却多于顾客总数。
末了还是收起空白合同假冒样品，
以惜别之情换去一包
“山林女神”们的芬香名片。
他们的足音叩响城市的大脑，
思考着如何治理“泥石流”的沙石污垢；
让小城在西部大开发中重新排列，
在这块绣金挑花的绿绒台布上，
重新洗牌，重新开局。

原载于《石嘴山日报》1990年6月9日

# 沙 暴

我怀疑沙暴不是大漠刮来的
不信你到西部风景线来考察
看乌兰布和、毛乌素、腾格里瀚海
刮了一万年，也没少黄沙一粒
屎壳郎撩起后腿玩滚球绝技
头朝下倒行还往沙丘高处爬
戈壁滩骄傲的海市蜃楼没刮去一块瓦片
大大小小卵石长得结实胖得溜光水滑

我怀疑“千里黄云白日曛”诗句
是诗人登上贺兰峰顶灵感突发
看山口吞云吐雾顷刻喷出沙暴
铺天盖地，太阳也蒙上白色丝光面纱
行人必须改变脸型和走路的姿势
小心防护活像逃避毒气泄漏爆炸
垃圾袋乘机逃脱都长了翅膀
上树的不是个鸟，下河的假冒莲花
禾苗紧抱大地而不敢伸腰
树在抗争中摇撼，花在拒绝中挣扎

甚至迫使高速公路车辆紧急减速
开启车灯嘀嘀鸣叫警示前后距差

我不怀疑沙暴过去，给大地一次干洗
艳阳高照禾苗与花树还原美的本色
天空也像蓝宝石重新装修抹擦
而翻开清沙除尘多付出人力财力数据
风的鞭子又在书记、市长大脑里抽打
让星海湖举起偌大的镜头
为加快营造的绿色万里长城录像
给大自然和子孙后代满意回答

原载于《贺兰山》2009 年 3 月号

# 紫 燕

燕子归来就和鸭争辩
说鸭着羽绒服先知水暖
不如它披云裳后知风寒
忽而向闪电射出一颗紫钉
穿漏雷声雨声鸭听不懂
燕子却能拼读亮晶晶的语言

虹影里燕尾开合一把剪
橙黄青红绿一片一片剪落
拼出夏天一幅多彩图案
立秋飞上电杆高挑五线谱
用紫色音符重唱轮唱丰收曲
拍拍翅膀呢呢喃喃飞向蓝天

2014 年 6 月 5 日于银川

# 蜜 蜂

几排蜂房　一顶帐篷
构建蜜蜂社会的乡村城堡
夜晚　月色辉映芳香的寂静
白天　阳光洒下甜蜜的喧嚣
公民们团结协作嗡嗡忙碌
酿之有窝蓄之有井取之有道

假如狐鼠敢于劫香盗蜜
巡逻的报警就群起追剿
蜂王察出贪污偷食的蜜虎
立即按律拖出窝巢严惩不饶
甘鲜的蜜筒满罐平献给人
留几滴过冬就满足于回报

2014年8月7日立秋

# 采煤工的脸

煤海深处潜耀的星星
映出多少这样的脸庞
汗水流在鼻沟，像小溪
煤粉抹在两颊，是山岗
这脸是地貌图的缩影
正有大地丰润的色素
春天的气息充盈荡漾

在那没有亮度的黑夜
过闹市，这脸也像深埋的矿藏
时代的发掘使采煤工出头露面
就像骊山的陶俑重见天光
于是这脸变得很大、很大
腮边紧贴塞北高炉，岭南电厂
眉宇闪过东海新港的灯火
目光随着西去列车投向远方
不信请你登上大楼的高层阳台
他正在千米地下向你张望
在询问暖气片的热度

探视窗前的花朵是否艳丽芬芳
总理说，这脸比白脸好看
不负于祖国的嘱托，人民的希望
部长说，这脸更有美的内涵
无愧于时代开拓者的形象
不信请到国务院和煤炭部走访
采煤工就凭这张脸
和总理、部长一起拍照
无论相聚在首都，还是井巷

假如我是一个俊俏的姑娘
定要紧盯住这张脸不放
和这最可爱的人结成伴侣
就像明月把爱情献给太阳

原载于《朔方》1984 年 5 月号

## 掘进工身影

人，都有一个影子
是自己最忠实的情侣
虽说身正不怕影子斜
却也有虚实、高低
他来了，看打扮———
七分特别，三分神奇
腰间“电脑”点燃火眼金睛
塑盔明晃晃，胶靴亮如漆
像外星人换乘罐笼的“飞碟”
来地球探索深处奥秘
井上，身影投映地平线
井下，和支柱重叠一起
压不弯，挤不扁
同样有千钧撑力

掘进！在史前大森林里
头顶地壳下的蓝天
脚踏岩心里的大地
掘出火树浓荫，火的虹彩

释放火的飞鸟，火的龙驹
当夜里你在暖床悠悠入梦
这身影就和梦一起展开双翼
石壁前，面向宏观世界
把现代化急需的能源觅取
开动“改革牌”快速凿岩机
代替以往“滴水穿石”的汗滴
让理想的效益飞进银行金库
让赤字变为起飞的金翼
掘进！背后身影铺在来者脚下
眼前又把新路开辟
大巷在掘进工的身影里伸延
但愿也能伸向人们心里

原载于《朔方》1984年5月号

# 太西煤

古人考古，第一个发现
可能是火，或烧不化的石头
第二个发现，肯定是煤
谁把烟头一粒火丢进地心
点燃原始林莽、花海
烧成石“山”下层层叠叠凝固的“灰”
煤就有了第一个名字“炭”
太西钢炭，我来考证
顾名思义是太平洋以西的煤
以产地宁夏汝箕沟为坐标
越往西越“稀”
越往东越“贵”
贵入加拿大包装珍藏
稀进法兰西贵族的壁炉
看中国黑玫瑰像浪花燃烧
蓝色火苗，“OK”，真美！

原载于《西部新韵》2015 年第 5 期

# 磨　珠

从第一座大楼铺开设计图纸
我就用全自动机械表秒针
在窗口型长方木框里研磨珠玑
左手摁着一叠表格
输进右手磨珠捕捉的信息
像牙齿研磨一串串糖葫芦
磨去酸涩，就泌出甜蜜
越磨越圆，越圆越亮，越亮越多
多过矿灯、霓虹灯甚至满天星宿

一个用光了火柴的小空盒
装进更小的计算器忽然爆炸
摧毁祖先计数结绳流年凿壁
炸飞长方形木框里几个世纪
算珠 1 退 625，也该和我
一起退到博物馆返聘上岗
我还用没瘪肚的指头研磨
让人们听到噼里啪啦算盘声
就看见生活海涛拍岸的潮汐

原载于《西部新韵》2015 年第 5 期

# 深 处

井口是大地的瞳孔
旋转一个天体

坐井观天　窥豹一斑
未必不知全豹
倚天观井　越高
越茫然如瞽

沧海一粟
投入地心
犹有热的感触
即使化成灰或蒸发入云
还会有海之情　地之恋
净化氧　提纯露　血
无污

在井底　与大地心脏
同步起搏　以感知
反馈信息　强化信念

煤说
无私者培育无私
贪婪者繁殖贪婪

钻头说
越在深处进取奉献
越不安于沉默

1989年4月23日于灵武

# 色 差

在古灵州东部绵绵丘陵
在唐诗人李益的“回乐峰”
大荒阔野明沙净土无垢
甜水河西天河水清如酒醉人
倒映蓝天流泻凡·高画的碧蓝
时而风沙漫卷抹上一层朦胧

看坡谷缓慢升降重叠扩展
其间无名草覆盖片片绿梦
河边一棵棵白杨树笔挺潇洒
饱蘸浓彩描出印象派风景
如背景黄滩是收不完的谷物
敢说每个沙丘也价值连城

李益赋之沙丘以雪的意象
凡·高画沙滩有黄金的凝重
矿工觅得地下的墨宝诗韵
世间光谱色差都汇聚其中

好一个灵武矿区特大煤田
正开发释热的雪燃烧的冰

原载于《宁夏日报》1995年6月9日

# 途中

过渡口，黄河滔滔壮行色
铺开有形的画，无形的诗
听轮桨低诵《沧浪诗话》
看柳岸翻读《词林纪事》

山溪潺潺注入河床
却不是浊流交相融汇
污水的反照可以使形象模糊
但不能改变真实

还是看看麦田“散文学会”的大作
再欣赏瓜园“当代诗社”的手稿
不论其情景韵味形神聚散
都引人入胜而啧啧感叹不已

瓜儿是取自大地的诗蚌
有籽仁的色香，沙瓤的甜蜜
只有貌似丰美的花皮瓜壳
被成堆地抛舍一边了

连羊儿也因乏味而厌食

那老哥哥的防蚊帽
大嫂子的尼龙发罩
和小妹妹的乔其纱巾
该没有桂冠的贪赏和座次之争吧

而钻工头上塑盔如瓢
掏煤海之波为时代宏图泼墨
也淘洗诗的珠玑

原载于《煤炭文学》1987 年 1 月号

# 名 气

西天河　你的源头
一半在云里　一半在矿井
但还没流入全国分省地图
有名如无名

古人称名气薄如宣纸　脆若春冰
我却以为它该大则大　该小必小
零的膨胀终归是零

今夜河边赏月纳凉
只见明诗人戴弁的袍袖
挥起《北陌平沙》的风
忽而“朔风怒卷黄如雾”来也
隐去“夜月轻笼淡似霜”妙境

吹得诗思乱了
难辨“就是”似是非是真是
而西天河　听你低吟浅唱
才懂得该对大地多几分爱情

多情也多彩　多彩也透明
你是一轴时代的胶卷
给部长司长厅长拍过照
给自治区书记　主席留过影

你的名气在改革开放中起飞
飞上高速公路　铁路
跨过特大黄河桥
与列列煤车的汽笛长鸣
让全世界都知道西天河
是金子河　诗的河啊

原载于《宁夏日报》1995 年 6 月 9 日

# 搬　迁

多少年，钻塔像流浪汉
拖着过于高大的身躯和体重
在无边的旷野匆匆来去
从未知到已知，又从熟悉到陌生

搬迁！蠢笨的钻机，标致的钢管
绿色的塔衣，白色的帐篷
还有炊烟与炉火，都一路同往
管它车轮压瘪，肩膀青红

什么都搬来了，塔顶明月
窗前的阳光，屋后的山风
还有风里的飞沙，沙中的酷热
都迁入新点宿营

风，掀动沙石和草浪
在湖水里震荡着星星
一切要在大陆板块上推进
没有进取的重复，等于零

勘探者——工业游击队
肩负为祖国寻找能源的使命
频频搬迁，也像钻头飞旋
穿过时间和空间的岩层

原载于《诗刊》1984年1月号

# 野 外

野外的太阳，比别处的亮
只因没有烟熏，火燎，雾遮
又经过暴雨洗涤，飞雪镀铬
野外的月亮，比别处的圆
只因在风中像鹅卵石一样旋转
又经过飞沙走石的打磨

想游山玩水，也堪称“近水楼台”
好景尽可在塔顶凭高选择
那碑林、石窟、佛堂、僧庙
还有羊城花展、哈尔滨雕塑
乃至海滨美人、三峡神女
都可以凭联想模拟、揣测

若到“名城”观光览胜
不必去赶航班或特别快车
眼望瀚海出现的海市蜃楼
钻塔就像即将靠岸的船舶
如临威尼斯、百慕大、好望角

或驶抵新加坡、纽约、开罗

然而钻工自有钻工的游兴
不贪赏地球表面的新奇景色
为勘测地下风景区的位置
每天从地图出发，到野外跋涉
叩开的大门同样开向世界
你看台灯、街灯、探照灯
正闪耀钻孔里喷出的光波

原载于《诗选刊》1987年11月号

# 测 标

在死寂的“沙都”
测标，是风
发掘的维纳斯

不该多活的
也因其美的吸引
得以多活

流沙飞吻
黄风搂脖
和寂寞的纠缠
是爱，但带上野性
就是折磨

当“沙都”更名“煤都”
它才和井架结缘
伴情侣双双
从林荫走过

原载于《煤炭文学》1987年1月号

# 通讯处

你叫我留给你一个通讯处，
这可把我难住，
不是我不珍惜友谊，
就是留下地址，你的信也难寄出。

我们不住城市宾馆、招待所，
也很少住上乡镇的瓦房砖屋；
门牌号贴在腿肚子上，
房子和炉灶都背在脊梁骨。

我们是经济建设“侦察兵”，
心怀西部大开发战略部署；
为了捕捉地下的“舌头”——矿苗，
一年搬多少次家？没个数。

今天，在腾格里安下营盘，
明天又拔营起寨到贺兰山麓；
纵使投递员有最快的摩托车，
也追不上我们的脚步。

我们住过的地方叫什么名字，
只能用坐标号码在蓝图上标出，
也许三五年后会变成一座城市，
新的命名将填入新出版的地图。

你也许因工作需要调到那里——
这，就是我留给你的通讯处，
那时，再把我住过的地址都寄给你，
你将会看到一本厚厚的书。

收入自治区成立20周年《光辉永照宁夏川》诗集

# 市场掠影

## 一

去早市买菜
也像走进音乐厅
他左手提秤杆操琴
右手把眼线拨弄

增就高了减又低了
直至秤稳砣平
定盘星也是音符
随着指头滑动

## 二

他付出几元零头
再交二角
一捆青菜就可以拿走

捻一捻壹佰圆票子

舍不得撒手
“算了吧”，他请求

“不行，还差一两钱哩”
他放下不够秤的菜
揣起票子，摇了摇头

1999 年 5 月 7 日于银川

# 唐徕渠首

早于悠悠白云，迟于流水
是开渠规划年代考证记录

也像万里长城
大堤是先人拱起的脊骨

传说姜女寻郎哭倒城垛
而修渠人血汗和土石凝固

渠水冲刷堤石如古镜
太阳辉金　月影轻敷

田间稻苗行行如书贴
果园是唐伯虎戏蝶图

2008 年 7 月 20 日于小坝

# 青铜峡口观塔

横看竖看 108 塔
列阵严整，造型并不规则

历史总是透明的
只有暂时人为的神秘莫测

有的塔芯显露于风剥雨蚀
不过是朽木烂石充填混合

好在麇集远离尘嚣之水畔
只将一面秃山压成斜坡

大地乐于承受观赏的负荷
塔林犹如 108 个银锭闪烁

2008 年 7 月 20 日于小坝

# 代 沟

大巴士班车就要出发
老站长开门上来检查

询问一个外国旅客护照
却说中国西部方言土话

老外也像残联聋哑会员
用不知哪国的“手语”回答

一个穿校服女生甘当译员
流利的英语使老外惊讶

站长下车也来一句“咕嘟白”
差点把几个小青年笑傻

2008 年 7 月 20 日于青铜峡

# 沙的美学

重叠是单调
铺展是平淡

有时随风呼啸
当心横飞迷眼

落地悄然无声
如蛇扭曲回旋

即使有几粒凝结
也胜过一盘散乱

原载于《朔方》1997年3月号

# 煤与渣

石头越红越烧越黑
煤炭越黑越烧越红

一个让自己烧不化
纵有完卵若虚空

一个情愿使自己烧成灰
又成为植物的“荷尔蒙”

形似并非神似
缘出内在不同

原载于《朔方》1997年3月号

# 同　行

“我没到过矿山井下
对你干的那行很生疏”

“稻田煤田只隔一层顶板
上上下下同在地球进出”

“莫非井下田间也长五谷
却不知怎样播种收获”

“点葫芦是飞旋的电钻
种子埋进炮眼就开花成熟”

“原来井上井下都是大粮库
咱俩并肩在地球播种汗珠”

原载于《朔方》1997年3月号

# 村　名

家乡的村庄，爱用“百”字命名
“百祥”“百胜”蕴含多少诗情

大地有百种绿叶，百种鲜花
天上有百样云彩，百种星星

鸟儿有一百个家族，一百种歌喉
人们有一百个姓谱，一百样音容

千百个相亲却只有一个心眼儿
在百废俱兴的土地上幸勤劳动

原载于《海伦报》1982 年 4 月 21 日

# 小 路

田间小路，你是母亲孕腹的脐带
育我成型足月，娩入沸腾的生活

通肯河水，育我心灵透明，双眸清澈
肥田沃土，育我性格憨厚，情感浓缩

而今我长得这般高大，已皱纹满额
单纯而又复杂，热情而又冷漠

我归来又将离去，如果说还需要什么
小路！我要你原来给我的，那个我

原载于《海伦报》1982 年 4 月 21 日

# 天　鹅

小城广场像干枯的湖
　　我到岸边送你
眼睛焦灼地对视
　　心在凄迷地碰撞
看着你这只洁白的天鹅
去寻找理想的池塘

你带上我几页诗稿
　　是情感燃烧锻打的项链
　　是心茧抽丝编织的时装
但愿这一行一行“丝”
　　是春天风沙过后的细雨
　　是夏天烈日下一蓬绿荫
　　是秋天灌浆粒饱的谷米
　　是冬天柔草伴你入梦乡
每一个标点为你监视
　　蛇蝎的暗算
　　偷猎的冷枪
提醒你不要把野路荆棘

误看成花荫柳浪
或者把傍晚荒丘鬼火
看成早晨的霞光
警告你莫伫立积雪的岸畔
空待解冻桃花水涨
或者贪恋一泓混浊的死水
觅取几粒苟活的口粮
你欢乐
就用我喉咙打开的锁环
击节步韵伴你歌唱
你哭泣
就用我眼睛揭掉的蒙布
为你擦去悲伤的泪行
你迷途
我的脚印会大喝一声
血的惊叹号立在陷阱旁
你高飞
我曾折断的翅膀借给你
助一股风力把羽翼鼓荡

你并不是孤飞
看前后左右有你有我
还有我和你不知道姓名的
很多很多姊妹兄长

说什么山高水复路迢迢
只要你坚毅地奋飞
目标的距离
　　总会缩短不会拉长
我期待每一页日历
都长成你丰满的羽翎
　　鼓起练硬的翅膀
还飞回我送你的湖岸
会看到你别时的湖底
　　也像这首诗
　　　　硬是直掘平铺
以喷泉的激情挥洒
　　彩灯的花雨
欢迎你重归小城
　　在新的起点
重振雪翼向明天翱翔

1980 年 12 月 6 日于大武口

# 野百合花

在蟋蟀和蝈蝈
　　歌唱的小河边
野百合花一朵、一朵
开遍青青的甸子
　　蟋蟀和蝈蝈的音色
有她的清馨和娇艳

踏过青青的甸子
　　她又在花间留恋
叶形的眉，眉形的叶
瓣样的唇，唇样的瓣
　　像姐妹窃窃私语
却又默默相对无言

他就是从这里移栽一枝
　　悄悄摆在姑娘窗前
泥土里埋下洁白的情豆
年年花开，根须缠绵
　　缠绵在蟋蟀和蝈蝈
歌唱的春宵和傍晚

1998 年 9 月 10 日于哈尔滨

# 炮

放炮员走进地球深处
却没走出压风机手的心
他的背影系着她的目光
她的胸中回响他的足音

当地面传来井下的炮声
她想，准是他触发引信
不是他，炮声咋这样猛
震得心海荡起漪涟波纹

可是另一炮却没有声响
火药早已埋得很多很深
她相信这绝不会是“瞎炮”
小伙子迟早会轰开爱情闸门

原载于《朔方》1983 年 3 月号

# 眼 睛

眼睛——心灵的窗口
他俩在窗口交换心灵
每当他到矿灯房领灯
两颗心就在眼睛里相碰

他戴着她发给的矿灯下井
灯光像她的睫毛微微闪动
大伙说数这盏灯最亮
准是充进了特殊的电能

怪不得这小伙越干越起劲
原来心头盯着姑娘美丽的眼睛
下班了，两对眼睛又碰到一起
在书页上窥寻知识的行踪

原载于《朔方》1983年3月号

# 迎

为了迎接小伙子升井
姑娘特意对镜整容理鬓
她把“美加净”面乳轻轻敷抹
他却正在井下把大锹猛抡

煤粉伴热汗是黑色“珍珠霜”，
只有亮眼如星，雪牙似银
升井，飞来她粉嘟嘟的微笑
小伙子脸上也泛起幸福红晕

他为人间采掘光明和温暖
脸上的煤粉正是美的提纯
怪不得姑娘能瞬间相认
煤粉粘的越多，爱情越坚贞

原载于《朔方》1983 年 3 月号

# 探 望

沙枣花开放的时候
姑娘和情人树下分手
忽然收到小伙子的来信
寄信地址：矿区医院大楼

他因公负伤躺在外科病房
担心后果，劝她另寻新偶
可是他怎知道姑娘的心
此刻比他的创痛更难受

她知道他多么需要爱的力量
恨不得一步赶到他的床头
姑娘踏着山间小路飞去了
在沙枣花开放的时候

原载于《朔方》1983 年 3 月号

# 桥

河水倒映灯光、树影、楼宇
小桥连结矿区两片街衢
当年他和她悄悄地相约桥头
两颗心笼罩着黄昏的云雨

她凝望夜空秀眉紧锁
他低声轻诉安慰的话语
因出身不同而又真心相爱
“最革命”胆敢恋爱也“最秘密”

今夜桥头相约，正花好月圆
桥面漫过双双缓步相携情侣
不要说小桥是秦观词《鹊雀仙》了
春天重新还给人们爱的权利

原载于《朔方》1983 年 3 月号

# 泉　边

一眼清泉，像明月
岸边青石板
　　　已被时间磨去棱角
古朴而又光洁
年青的牧马人
　　　曾在泉边和姑娘相约

他又从远方归来
掬一捧泉水
　　　依旧甘甜，清冽
涟漪忽地荡开旧梦
又策马飞去，追寻
　　　那梦中映出的笑靥

原载于《诗人》1985年5月号

# 给——

没有风　却有黄叶飘零
冷云如铅
只为觅几丝暖意
误了行程无悔
怎奈相约恨晚

久久凝聚的情
浓得化不开　摧不散
如火炽盛　似铅凝重
多少失眠之夜
空对月圆月缺

今夜似梦非梦
耳畔回响窃窃私语
灯影闪灼盈盈泪眼
泪雨是铅云熔化
心头蓦现彩虹一弯

莫再让弯弯秀眉

紧锁生活的愁怨
雨后彩虹壮行色
春光就在眼前

1997 年 6 月 7 日于大武口

# 嫉　妒

嫉妒　是温柔的恨
残酷的爱
凶狠的友谊
像阿拉伯神话
斯芬克斯现形
有少女的美貌
狮子的身躯
以勾魂的眼睛
含蓄的牙齿
为爱的满足
抓住你　就开始
愉快的残刑
把你一块一块撕碎
一块一块吞食
不留一滴血
显示爱的威力

2008 年 6 月 10 日于银川

# 邻 女

你的脸庞是天空
张开一面粉黛尘网

眼睛的灯塔忠于港湾
总爱窥测过往帆影的秘密

声像扫描遥远
反馈误差来自视觉误差

我羡慕你
但不敢爱你

原载于《星星》1992年1月号

# 我的初恋

我的初恋不同酷派新潮
空有躯壳标本现代肉俑
故意在闹市或路边街角
或公交站点　车内人缝
炫抱炫摸炫吻炫出响声
或者本是远隔山海陌路
傍晚才在电脑互通姓名
就像饥饿的鱼水中捕食
“爱呀、爱呀”聊到天明

我和她初约都躲避眼睛
甚至皓月当空注意藏形
只有路边小草偷听情话
林荫遮护缓步相携身影
足迹在一条小路上重叠
两颗心早已在路边相碰
都用脚步勘察精神世界
探索出哲理“爱与被爱
是人间最伟大的事情”

2013 年 7 月 10 日于银川

# 冷　静

比女人没爱过的男人
你的失恋就是享受
这种礼物不叫痛苦
是开瓶就醉的酒

既然像泡泡糖纸
她甩开就不能咀嚼
被女人爱过一次
就值得你自豪

1989 年 12 月于石嘴山

# 移 情

比跋涉白山黑水
更困难的转移
轻松上路
连自己也可以抛弃

需要时间手术
一层一层剥离
清除所有的黏连
才轻松得彻底

1989年12月于石嘴山

# 容 颜

你送的君子兰花苗
他视为罕世奇珍
两瓣叶子是唇
每天都想亲吻

蓝花开，爱情落叶
不是底肥伤根
花瓣贴上你的脸
根须爬进他额上皱纹

1989年12月于石嘴山

# 泪相

女人不高兴比笑美
西施蹙眉帝王才喜欢
她的脸有时变成沙丘
流一点雨水就干

防洪也需要开渠
挖沟的小锹在你嘴里边
你尝她高兴的泪甜
嫉妒的泪比醋还酸

1989年12月于石嘴山

# 鉴 别

像平庸浅薄虚狂的编辑
你身后也有“作者”排号
不辨特色各领风骚之妙
拿脸皮作诗页鉴别比较

看皱纹诗行意象陈旧
修改却不知从何处开刀
婉言应酬推一边备用
发现“杰作”再随时退稿

1989 年 12 月于石嘴山

# 新 旧

你上身倾斜两肩一高一低
紧挽新欢在马路走过
风姿不减当初之婀娜
脸上依旧苞含往日的笑窝

不知你怎样把握平衡
但愿爱的砝码不再移挪
偏低的肩头有新欢重负
升高的肩头可把旧情解脱

1989 年 12 月于石嘴山

# 再见

既然你和他迟早分手
临行最好都默默无言
该知道此刻最大的恐惧
最怕你含泪说声“再见”

一旦你两瓣樱唇开启
拼出这两个字眼
到底是无情还是有情
“再见”！果真飞来一剑

1989年12月于石嘴山

# 花朵与刺刀

你见过茶香黄月季吗
它的另一个名字叫“和平”
传说 1780 年英法交战
英吉利海峡硝烟迷蒙

中国的月季离乡西奔
给欧洲大陆带去东方文明
在地球上绕过半个圆弧
要穿越两军对垒的枪林刀丛

尤如瑶台天使自云中飞降
上帝的信徒投来膜拜的虔诚
两军就地谈判暂时停火
月季入法，由英军战舰护送

花朵与刺刀，暂短的休战
预示着美必将把丑恶战胜
看它依旧如端庄秀气的新娘
象征着生活的幸福和安宁

原载于《朔方》1983 年 12 月号

# 羞了，小草

一棵不起眼的小草
论名气，杨柳也显得渺小
就凭这瞬间的害羞
就凭一身敏感的细胞

谁是最初发现者
似乎也有伯乐视觉
在平凡中发现新奇
小草的羞涩堪称美中之妙

只要你轻轻地触碰
叶子就会微微合拢，羞了
对人们好奇的童心
报以几丝甜甜的微笑

原载于《朔方》1984年12月号

# 君子兰

田字形的蓝色叶脉
　　织成蓝宝石般的品格
名贵里有世俗的哄抬身价
却也以品位繁多各呈姿色
正因有繁多的品位
才不要把伪君子选择

不要埋怨它的迟开吧
　　也许正是在时间里思索
迟开就有迟笑的美
给育花人报以满足的收获
　　看它不负苦心栽培
多彩多姿，给人缤纷的惊愕

1986年10月5日于银川

# 棕　榈

每当我注视案边棕榈
眼前就出现南国风光
它更像清末布衣寒士
不堪落魄犹孤高自赏

似乎正构思重写长联
为得佳句而搜索枯肠
忽见它甩开一把绿扇
竟不分冬夏乱扇炎凉

1986年7月10日于银川

# 山桃花

山桃树微露鹅黄之瞳
看向阳山坡犹残雪未消
急于报春举起一串串
水灵灵粉嘟噜的花苞

一夜春风吹绽满树红焰
像篝火啪啪剥剥燃烧
香芬是花特有的语言
最早发出春来的预报

1985 年 5 月 24 日于汝箕沟

# 龟背竹

在北方雪花飘飞时节
朋友送来一棵龟背竹
宽阔的叶面布满龟纹
仿佛沁出蓝色的水珠

窗口雪花炫耀其冷艳
给窗镜抹上一层嫉妒
绿叶让斗室撑出春荫
心有暖意而忘却寒暑

1989 年 6 月 5 日于银川

# 无果石榴

有一种花叫无果石榴
比起无花果更有名气
性与爱不是一个系统
爱给土壤而性却转移

翻盆换土其爱也流失
花开得耀眼任人折取
诗曰“游蜂错认枝头火”
“忙驾熏风过短墙”逃避

1989 年 6 月 6 日于银川

# 月 季

花开得越美越要等待
一次繁衍分娩的阵痛
剪刃切断滴血的脐带
伤口爆出嫩绿的生命

看新梢蓦然含苞欲放
让窗口斜露一枝风景
多亏修剪没刮去芒刺
花开才显出美的个性

1986 年 6 月 20 日于银川

## 第二辑

XUESEYEQIANGWEI

# 血色野蔷薇

# 野蔷薇

## 一

映山红醉饮桃花水时节
野蔷薇才穿破最后一层残雪
亮出乳牙似的叶尖
而田埂渠畔和市郊垃圾场边沿野蔷薇
没谁给它施肥浇水
也长出嫩绿的耳蜗
开始伸展芒刺的触觉
静听禾苗扎根吸水和垃圾发酵的声音

杨花柳絮落英飘飞打乱溪水的音步
野蔷薇才亮刺直露穿破蓓蕾的含蓄
绽放一树红焰，爆出生长的密码
世上没有完全相同的花与叶
缺少园艺造型美的野蔷薇
却有形似于神似和谐的花与刺
给大地回报　野在正直而热烈

## 二

爱花的他就不爱挑刺
刺也给他以花的美感
爱挑刺他就不会爱花
花也给他以刺的遗憾

刺是正直冷静的披露
花有热烈而忠贞的内涵
好一束血色野蔷薇
是激情迸发出地平线

2007 年 5 月 26 日

# 想起裴多菲和弗洛伊德

## ——没人偷着乐的回忆

其实很简单，我青春的传奇，
还是从手与眼睛开头；
上班，向桌面抛方块字，
下班，往眼睛里回收；
弗洛伊德从书本里走来，
说“性”是一根“横轴”，
旋转“侵犯”“占有”冲动的“轮”，
推进“权力”和“金钱”追求。
而裴多菲也来亮剑，
与奥地利宿敌展开搏斗；
说“诗”是一根“立轴”，
转动“社会”“生活”两个风向标，
计量“团结”“友爱”的温度，
测试“清明”“和谐”的气候。
从一封信里飞来的女侠，
用“生命诚可贵，爱情价更高”诗句，
拧成的捆心绳结扣，
把我绑架到电影院，
去看莎翁《朱丽叶与罗密欧》；

她只用两角钱一枚梭镖，
就打开我心灵突破口。

我和她拉开不大不小的距离，
悄悄地相约周末轧马路；
月亮躲在树梢后偷拍，
氦光灯爬上电杆监督；
喇叭高喊刘青山、张子善的名字，
把他们贪污受贿罪行公布；
不像说“这俩孩子真调皮”，
给吃一次“锦糕”“鸡锅”
——响亮的一吻再吻，
权表袒护的娇惯和爱抚；
而是出于人们意料之外，
以儆效尤极刑立处。
吓得弗洛伊德哪敢来中国，
传授“轴”转“轮”飞功夫；
他该知道没收一户官僚资本，
不允许再产生一百个贪官暴富；
谁都相信斗倒一个地主恶霸，
不会再出现一百个恶霸地主。
我和她都是无产者红二代，
恋爱的飞轮也加快转速，
转进一百个周末的婚礼，

新婚之家的全部财产，
是两卷行李摊在一张床铺。

儿子在改革开放中长大，
未婚妻比他妈端庄洒脱；
接吻也不谢绝参观，
唯娘担心爱得过火，
还讲我和她轧马路故事，
给儿子补习恋爱课。
儿子却说道德伦理，
不能让弗洛伊德独家承包，
想怎么诠释，就怎么解说。
只有“轴”转“轮”飞自然属性，
才不惜高价采购假货；
有性无情，有情无爱，有色无香，
等于双方投入，互相折磨。
真正的爱情不为权钱所动，
牺牲则回报，付出则获得，
无私则无价，无价则高贵；
贵在与自然生命等量齐观，
结合而超越，超越而结合；
才成为人间最伟大的主题，
永远讲不完的故事，
永远唱不完的歌。

呵！全人类膜拜的爱神
高举的裴多菲！
可敬地无私无畏
正气凛然的英雄裴多菲！
该死的弗洛伊德！

1999 年 9 月 24 日于北京

# 杂种伪科学

“杂”是伎俩多样，“种”与异类混交，
骗子自己用这二字命名也很自豪，
最难识别的是杂种伪科学，
因为他钻进一代血肉机器人玩的鼠标。

瞄准婴幼与高龄群体的健康需要，
利用反科学的形式相似性“发明创造”，
假保健品、假健康电器入市上网，
“专家”讲座施骗，“教授”指导营销。

你无病防病，上网就说你有几种病，
每一种都必须用他的神药治疗，
再搬出死神和你开一次玩笑，
让你相信它的科学就能长生不老。

潮与湿都有轻重相似的不适感觉，
婴儿不会语言定位只能哇哇哭闹，
盗用海绵吸水原理“发明”的“尿不湿”，
被吵醒的父母才知道上当白扔钞票。

最可恨反生理规律的伪科虐婴法，
什么胎教、启蒙、开智、育儿卖弄风骚，
甚至让孩子出生半年内不枕枕头，
像养一个宠物随便丢在床上睡觉。

网上说婴儿长期躺在无枕低位，
不会因人体水份倒泌长成肿眼泡，
不会因头部无拘摆动长成偏颊脸，
不会使稚嫩的颅骨发育成大后脑勺。

不枕枕头会使孩子大脑供血充足，
头处低位就发育如哈佛博士智商高，
不枕枕头才能使颈椎直直生长，
长大伸脖仰脸突胸挺背走路不摔跤。

或许伪科学杂种都是无枕的动物，
才会如此丧良心、反科学的网教网聊，
相信法治的利器总会把这种垃圾扫除，
保护孩子成长和老人安康的微笑。

# 软皮蛋

好不轻松挤出产道
它就叫个没完没了
“咯儿哒、咯儿哒”
炫得邻窝也齐声帮炒
汉语音译是“个儿大”
拿起来体积也不算小
却是个半成品软皮蛋
比成功不成名的新奇
有成名不成功的奥妙
托在掌心对日光阅读
这家伙有点聪明绝招
咬一口装饲料的塑料袋
就在肚里把薄膜仿造
软皮里克隆的清黄
似乎临界分明而又混淆
总有它体温和时间配比
成型问世就没人说假冒
久留，只怕风干霉变
速食，生理缺陷味难调

恐牛魔王乘机隐形
钻进孙悟空肚子里打闹
还是放回原窝作引蛋吧
管它风吹日炒膨胀发酵

原载于《西部新韵》2014年7期

# 也名人

多露几次

脸

多炒几片

吻

多一条讣

告

多几行悼

词

2008 年 10 月 5 日于北京

# 一种肖像

早起去上班
先对镜子照
成像彩色版
曝光六十秒

一见是下级
好像吃辣椒
嘴角两边拽
眉头往上挑

一见是领导
先笑后问好
三天没见面
见面“你胖了”

1980 年 11 月

# 步张打油韵

江山一笼统　　　成本核算一笼统
井是黑窟窿　　　买官花钱黑窟窿
黄狗身上白　　　贪污补洞进班房
白狗身上肿　　　灰脸熬黄黄脸肿

昨夜北风寒　　　天宫下雪大吐痰
天公大吐痰　　　感冒去买化痰丸
东方红日出　　　原装百粒三块五
便是化痰丸　　　新装十粒二十三

鸡叫一声撅一撅　　　妹叫一声撅一撅
鸡叫两声撅一撅　　　妹叫两声撅一撅
三声唤出扶桑来　　　三声唤出小车来
扫尽残星与晓月　　　老婆空房守残月

放屁在高墙　　　名人说话在高墙
为何墙不倒　　　名人屁响墙不倒
那边也有诗　　　四面小报吵响屁
被它挡住了　　　墙被垃圾挡住了

2006年10月13日于嘉峪关

# 白色医德

白衣天使的称誉没有国界
尤其在抗日战场喊得最热
白求恩、柯棣华都穿白大褂
既有血色良心又有白色医德
伟大的反法西斯国际战士
可能对《新华词典》没有看过
不知“救死扶伤”与“丧尽天良”
加拿大、印度怎么诠释解说
而今被一些人分解四个单词——
提成、回扣、创收、堕落

提成是先买一张挂号门票
让你看敦煌石窟飞天景色
不是实习大夫练技换岗
也像一窟一室轮流转科
多开各种检验单多开药方
就多拿工资外的提成多得
你问肛门和眼睛有什么关系
他说都连结血液循环网络

抽八管鲜血化验五十项
按他们的规定也不算多
如果验大便也一次八管试样
医院肯定要配置环卫粪车

不知十三亿人有多少剖腹出生？
妇科大夫可有亲身体验结果？
在大青和中老两代的当年
查出怀“孕”就等待分娩出“朵”
至多来院复查一次二次
看胎位听心音正常同乐
等到临产医护耐心守候
百般安慰母亲忍受阵痛折磨
待宫口开全从原产道接生
一声儿啼，一次良心解脱
而今搞妇幼保健产业化
怀孕像跌进取保候审的网罗
初审必须无条件立案建档
每月必令当事人到庭就座
用 X 线、B 超、化验质证
审讯胎儿贪污受贿增重数额
分娩，原产道接生收钱少
剖腹，比巫婆拿钱轻松得多
干脆一刀切开产妇的阵痛

掏出宝宝再收费保温包裹
怪不得贫血缺钙先心婴幼
比并不遥远的过去百倍增多
谁想按新政策再生第二胎
莫如第一胎剖腹就缝个拉锁

国家给职工和村民投入医保
是民生和谐保障一大举措
收回多少都该收进合法阳光
不允许看钱眼红如诈似讹
除了治病确需的非开不可
此外多开一张抽血、CT、
B 超、X 线、心脑、肝肾
检验单和处方都是明敲暗夺
中国没发生日本鬼二次侵略
你丧尽天良搞活人试验提成
不好意思说也如那么的缺德

原载于《西部新韵》2014 年 7 期

# 医药广告

暂时来不及清理的广告牌
和环卫工人当天扫除的传单
好像这些垃圾产生之前
就没有一家医院
没有医院就没有药品
没有药品就没有药厂
没有药厂就没有药店
没有药店就没人买药
没人买药就都像老虎和山鹰
特别健康

特别健康更有保健意识
意识到应该美美地吃鱼
吃鱼就去找养鱼池
找鱼池还必须看广告
看广告就按电视开关
按开关就出现一片蓝湖
蓝湖扫描线都挂诱饵
诱饵在闪闪发光的鱼线上
任蓝湖四周拥挤的

医院甩钩，药厂垂钓

医院希望医院少患者多
患者希望医院多患者少
医院希望诊疗少收费多
患者希望诊疗多收费少
药厂希望药厂少药店多
药店希望购药多闲逛少
买药希望高价少低价多
卖药希望高价多低价少
蓝湖希望愿者上钩
不多不少旱涝保收正好

山鹰不打喷嚏不流鼻涕
但人说“鹰栖如寐”
怕被误诊为脑血栓
小憩依旧两眼轮流换岗
老虎不便秘不阳痿
但人说“虎行似病”
不听憋毒瘪肚瘪肚憋毒
壮阳阳壮阳壮壮阳广告
依旧大大咧咧一步一晃走了
特别健康

原载于《西部新韵》2014 年第 4 期

# 述职报告评议调查

某公居首，水平不差，
能说会写，偏爱有仨：
一爱行文，爱多行文，
爱行长文，秘书忙煞；
二爱开会，爱多开会，
爱开长会，星月急煞；
三爱讲话，爱多讲话，
爱讲长话，听者忘煞。
述职报告，全员参加，
自己挥写，讲稿一打，
历年剪报，横抠竖扒，
流行词语，生拽硬拉，
话筒一响，如河开闸：

“发挥优势，扬长避短，
摸石过河，胆子要大，
锐意进取，步子要大，
放开搞活，跨度要大，
高新科技，含量要大，

加强管理，力度要大。
解放思想，观念转化，
内部机制，改革深化，
全员浮动，组合优化。
层层分解，层层承包，
任务到人，逐级下达；
打破平均，大锅必砸，
邯钢经验，就学个‘拉’，
工资奖金，档次拉大，
干部工人，差距大拉，
拿多拿少，效益靠挂。
纵向联系，横向结合，
国有民营，放小抓大，
拍卖租赁，城乡吸纳；
三角债务，抓紧解决，
本息偿还，不留尾巴。
扭亏为盈，人人有责，
内部集资，风险抵押；
股份改制，工人当家，
减员增效，下岗分流，
再再就业，市场安插。
宏观调控，微观实施，
两个文明，并举齐抓。
创先争优，力戒浮夸，

重振雄风，再造辉煌，
争上台阶，再上台阶；
大做文章，做大文章，
厂貌年年，有大变化。
深层矛盾，待后解决，
当务之急，解困转化。”

莫笑文词，抽象罗列，
却无先后，顺序之差，
字字有据，没说错话，
都在报纸，不信你查。
首长讲得，唾沫泛花，
收起讲稿，嘴巴一擦，
抬起眼睛，看看台下：
不用分组，讨论自发，
没睡醒的，呼噜应答，
织毛衣的，切磋针法，
看杂志的，又换一本，
练写诗的，勾勾画画；
爱喝酒的，低声猜拳，
“4 喜来财，逢 8 就发”；
爱挑刺的，说这报告，
每句部件，成型模轧，
组装一堆，大话空话。

爱幽默的，怪词更戛，
实际问题，抛向天涯，
卖糖葫芦，好手一把，
4 字串小，8 字串大，
一字一个，大红山楂，；
4 的音节，乐理读“发”，
8 音高调，谱曲弹拉，
12　34　56　78。

1999 年 10 月于北京

# 公车私用

有一种公车
受书包摇控
放学上门接
上学提前送

有一种公车
受菜篮摇控
老婆说逛街
四轮都转动

有一种公车
受钓具摇控
每到双休日
就往鱼湖冲

有一种公车
受门票摇控
每到黄金周
就向景点行

有一种公车
受媚笑摇控
小姐一招手
刹车特别灵

2002 年 9 月

# 楹联解读

## 一

**清官办事不收礼**
**收礼清官不办事**

其实我并没有多大酒量
八两不糊涂一斤也清醒
“中华烟”每天能抽两盒
比大烟鬼的烟瘾还算轻
谁送上门的都来者不拒
办事有原则　人情归人情
让你拿回去吧你也尴尬
你送我收也在情理之中

人情往来非属市场管理
干吗急得像催合同履行
办你的事也不违反规定
只差老张摇头老李不通
我说的话钉是钉铆是铆

迈一步俩脚窝两袖清风
不是曹雪芹笔下那一种
假正经的巧伪人王熙凤

## 二

**水浑鱼肥食渐少**
**人矮屁胖拍者多**

多亏老乡拉票同学吹捧
总算争上一把爵椅坐定
上下级不都是利害关系
谁多拿少拿钱要分清
任人标准像从国外进口
“圈外的干活行的也不行
圈里的干活不行的也行”
贷款发工资不影响提成

怕下岗解聘就快抓拍机
平时唯命是从不溜不行
想升官发财就向上靠拢
必须左右开弓拍出响声
逢年节生日与儿女婚礼
都争相排大队拍出阵容

能拍出台上的门庭若市
必能拍出台下一身孤冷

2001 年 9 月

# 解　释

我不是契诃夫笔下看戏的小公务员
打个喷嚏把前排大人物秃头顶污染
没完没了道歉反而惹大人生气
一声“滚开！”吓得他回家就命丧黄泉

但我在领导的领导下并不怕领导
领导更不怕我不服领导而丢掉饭碗
有领导层就要向一层一层领导请示
都不敢越权　才让你白跑一年

正如你说来办事必须起大早赶车
总要把买票检票验票程序走完
进山转过一峰一岭就悠悠入梦
好像梦见车轮也在一层一层楼梯盘旋

你坐的班车没闯进我们这座大楼
满车旅客也不是办公秩序观光团
但你看桌面上一张一叠文书报表
都在电脑编码储存三百六十天时间

每周不算双休　只有五个工作日
周一开会　周二学习　周三看文件
周四下基层　周五雷打不动
上午学歌练球　下午应约赴宴

玩过春节长假　闹罢元宵灯会
一把手出国考察　二把手外省调研
五一、十一黄金周和家人共度
上班再组团旅游　分批轮换

不用说找领导办事没有时限规定
诉讼成本也需要金钱与时间并项核算
初审一年　二审半年　发回又一年
再上诉终审让你专职原告美当三年

听罢这个解释　出门回望办公楼
楼梯也像崎岖的山路一盘一盘
印满办事人往来跋涉的足迹
磨薄的鞋底捻出盘盘扯不断的线

2004年5月26日于海原

# 进　门

想现在　忆过去
访益友　询良师
问罢老赵三年胜诉就住院的不幸
听完大刘索债五年就偏瘫的故事

手掐起诉材料两腿打摽
脚尖在大门外画出多少圈犹豫
最后硬起头皮　相信今天
总不会从外贸进口公平正义

头道岗验明正身　准入登记
二道岗看看小票　电话联系
主办人回答上楼接谈
进门觉得像逃犯被捉回被告席

递上材料　过目说还算可以
拐弯抹角扯到玩与吃
打个寒战　从囊底搜出一把冷汗
两条腿卡在一脚门外　一脚门里

2004 年 6 月 17 日

# 出 门

外边的空气如美酒畅饮开怀
为应酬赶紧找亲友借贷
东城取钱　西城预订雅座
跑得车轮磨薄四个轮胎

先点龙虾鲍鱼三纹鲨鱼翅
再要山鸡蟒蛇燕窝猴头怪
荤而不腻　素而清淡　搭配可口
吸烟喝茶更要选择高档品牌

电话反馈约上六大员准时即席
“六粮液”漏底瓶灌到三星歪
散席分手道别　舌头也发硬
“命（明）贴（天）到蒙古包崴（玩）”

天明八点上班再去办公室
门好进　脸好看　语气也和蔼
还提起小姐最美的蒙古包
急抬腿　又一脚门里　一脚门外

2004 年 7 月 10 日

# 等 待

一位可敬的领导生前说过
“等待，也是一种科学
但不是消极等待”这诗句
使多少冤假错案在等待中昭雪

公信、正义出于《论语》《圣经》
从古到今不分国界
四个字被谎言诡辩暂时承包
也会让你在等待中失形亏血

当事人“当”而“事”之岗位
只差没增编纳入职称序列
坐钉椅　睡针毡　进火餐
是你履行等待义务休闲调解

焦虑　烦忧　通宵失眠
是妇女提高　让你给老婆守夜
越拖延日久　“专业”聘任愈久
再来这么两次等待　此生休也

2004 年 7 月 26 日

# 谎言与诡辩

“万恶一谎　百善俱诚”
这是家乡父老教子的座右铭
集人类所有坏品德之大成者
也以伪善装出一派假正经

扒手练十指　娼妓练笑容
他磨砺牙齿练以假乱真功
你“实事求是”　他“求似是非是”
弹簧舌缠着时针逆向倒行

你说叶子经霜从树枝脱落
不必对哪一根枝梢定位求证
他会说叶子是从云中飘洒
来自他亲眼所见一场秋风

这叫形式根据　以形式相似性
抹杀客观标准　“质”的规定性
一旦被辨证法揭穿　诡辩破产
他依旧旱涝保收　心不跳脸不红

2005 年 1 月 15 日

# 手 机

如果你忽然接到陌生电话
说摇出你手机号码获奖惊喜
你相信天上掉钱必然是天塌地陷预兆
量血压汞柱才不会升高几十毫米

如果你争官的障碍在于文凭学历
忽见办证号码涂在马路墙壁
按此号提供的帐户汇款受骗
你失眠的低血压汞柱更低

有一种手机能甩出无形的线
权是诱饵　坐在转椅上钓鱼
不论是你上钩还是他吃你
按“潜规则”都说成双方愿意

如询问办到哪一步　他劝你莫急
问多了　责你追逼　不耐烦就关机
谁叫你的手机钓入他的网络
拖烂屏幕　也拖不烂人嘴两层皮

2005 年 8 月 6 日

# 鼠警

猫和虎是同宗，耗子怕猫不怕虎
除非瞎虎碰上死耗子，若逮住活的
说不定倏忽从牙缝溜掉
（莫非东北虎馋鼠肉而变成猫了
才少到以法律名义制止）

如果耗子不偷油偷粮不传播疫病
单凭双眼皮黑眸和花瓣似的耳朵
还有油光水滑细茸茸的皮毛
就会得到宠物者的爱情
给它吃香肠羊肉串洗澡洒香水
如成为稀有
其待遇还会高于猫和虎的规格

一只在猫的追捕下脱逃的傻耗子
从井口沿 45 度倾角人行道
钻进地下旅游区
巷道如田间小路连接地下阡陌
但生长黑色向日葵
凝固的籽仁榨不出一滴植物油

更没有花生米和芝麻的色香

在太阳也是黑色的空间
它就是一匹巨兽　以猫威虎胆
寻找一个属于耗子的伊甸园
忽然倒在一条超瓦斯空巷入口
在虎和猫都不敢涉足的地心
以最后的嘶叫发出生命的报警
一串脚印止于尸横如虎卧
是加在一首朦胧诗尾的
“……！”

当几个矿工读懂朦胧的含义
才对氧和瓦斯重叠的透明惊愕
惊愕于小动物死之壮烈
感叹于使人幸免上当的壮烈
于是献上矿灯的花环和唏嘘的悼念

2001 年 10 月

# 兔子平冤

大自然奥委会熊主席收到一封匿名信
揭发乌龟和兔子赛跑有作弊行为
乌龟把催眠素掺进矿泉水
兔子喝了跑到半路就睡大觉
寓言家才把骄傲自满黑锅让兔子背

乌龟四平八稳爬到终点
也拿到金牌　一朝身价翻上 10 倍
不仅免试获得“王”牌“八”种待遇职称
还住进餐饮按摩娱乐城水晶宫
玩水休憩都有小姐作陪

兔子背着黑锅在郊外溜边练跑
不准进城　也不给重新比赛的机会
老远望见酒楼豪华雅座里聚席招聘
且听：“兔子滚下去，王八爬上来！”
只好落荒而逃有窝也难归

猴处长接到熊主席“认真查处”批示

认为匿名怕打击报复涉嫌诬告罪
“实事求是”“求似是”都难取证
难在谁作弊都不准当场参观录像
正如不公开贪污　秘密行贿受贿

忍耐不住的兔子急了也咬猴
处长才从河里叫来另一只乌龟
重新试跑　兔子一蹽高就到达终点
猴处长去酒楼追究那只乌龟作弊责任
早爬进二十六亿只眼睛看不住的嘴

1998 年 10 月

# 新卖报歌

啦啦啦　啦啦啦
我是卖报的老行家
哪里人多哪里跑
吃得饱　穿得好
今天的报纸真不少
有县报区报市报行业报
月报旬报周报日报隔日报
快报晨报晚报午间报
一辆旧车没压倒
“嘭”的一声又出一张轮胎爆（报）

啦啦啦　啦啦啦
我是卖报的老行家
今天的新闻真正好
不掏钱　买不到
看裸体晨练还说美
像萨达姆脱裤子不害臊
秘书被强奸　老总遭绑票
姑娘拒吻鼻子被咬掉

大千世界无奇不有
出个奇闻各报炒得真热闹

啦啦啦　啦啦啦
我是卖报的老行家
报社年年给我犒劳
我热不着　冷不着
夏天发给我马夹遮阳帽
冬天换发大头鞋小棉袄
衣背印字让我丢不了
我真想把脑袋剔成电灯泡
写满发行的各种报名
漫街啦啦啦又唱又跳做广告

2005 年 6 月

# 麻雀搬家

一种无名火山喷发砖石钢筋混凝土
以立体音乐将牧歌和田园诗埋进地平线
麻雀领导班子召开紧急会议
甲乙丙丁依次列坐研究救灾搬迁

“村里没对我们实行计划生育
念我们捉虫除害维护生态平衡的奉献
征用耕地拆毁农舍连鸡鸭也赶进市场
麻雀失去窝巢该去何处重建家园”

本届主席愁眉苦脸开口就抛砖引玉
小丁说：“我先拿个不成熟意见
人搞改革　可以摸着石头过河
鸟要改革　也可以摸着树枝上天

我们到河边树上开发几个大窝
下蛋创品牌　高效孵雏批量生产”
拿经济师职称的丙常委缩脖晃脑
说：“建多大窝装多少蛋要严格测算

问题还在于麻雀翅膀覆盖面小
窝大　蛋多　恐怕孵雏相当困难”
“上车补票”拿本科毕业证的甲常委说：
“改革嘛　就是要步子大　思路宽

可以搞所有权与经营权分离
种蛋管理和孵雏包给乌鸦去干”
老乙闷头不吭　暗骂：“我 × 你祖宗
怪不得麻雀群众说这小子贼贪

一项决策出台不同设防范机制
就给这种鸟提供机遇留空可钻
打着所有权与经营权分离的幌子
挂羊头卖狗肉　捞断子绝孙黑钱”

不敢骂出声的老乙敢泼冷水：
“树上建窝　哪有挡风墙遮雨伞
下蛋不都被乌鸦囫囵吞枣吃了
一拥而上　覆巢之下岂有完卵”

主席面现愠色：“承什么包　树上
建窝　等于屁股对着乌鸦嘴下蛋”
老乙又闷出一炮：“有本事就进城

也搞房地产开发　干脆往商品楼里搬”

大家想这个主意好在不用衔草做窝
商品楼价位过高还年年暴涨多半空闲
可是麻雀不像老鼠会翻土打洞
怎能进入水泥抹面地瓷对花的房间

“我们可以住进停工的楼茬楼框
屋地荒草离离　基础有生虫的苔藓
总能为我们提供足够的昆虫和草籽
睡醒了一出窝就能吃上饱饭”

小丁笑经济师只会算吃饭下蛋的账
说：“楼茬楼框还是留给银行抵押贷款
很多空闲楼都预留抽油烟机孔
直径能飞进一只山鸡和大雁”

主席说：“好！进城还能给绿化树除害
伴弃农经商的老朋友树下练摊”
大家噼里啪啦拍着翅膀表决
散会就召集众麻雀作进城总动员

麻雀们不办房证忽忽拉拉飞进空闲楼
120、150 平方米只住一个光棍汉

每天捕食归来先给美丽的地瓷花施肥
曙色临窗就在雪壁墙练书法题诗留念

原载于《西部新韵》2014年第4期

# 正月十五观灯展

内陆小城　四不靠边
官不称己富　民不愿说穷
月亮爬上来看灯展
也像镶个灯泡的“假大空”

厂长像肥牛　工人像瘦猴
摊派集资款理由更硬
豁出几吨钢筋也争灯展大奖
越亏损越要抓“双文明”

入园门票从“1”涨到“10”
惊呆廊前高挑的大红灯
也像下岗工人布满血丝的眼
看人群跻挤哭不成笑不成

报纸广播电视大上广告
说看灯展如临仙境
入园果然有“天女”飞吻
“猪八戒”摔耙　“八仙”扇风

别看外国搞出克隆羊
小城也展出“羊”克隆灯
“龙蛇虎豹”张牙舞爪
似乎也要从门票争点提成

几个老八路的自费杰作
没一部影片如此吸引观众
好一个“包大人升堂问罪”
受审的贪官谁都不陌生

灯嵌在包青天透明的心
十五的圆月是护心镜
象征天心犹知人间正邪
民心可鉴　能分浊与清

近看灯对月　什么都可见
远看月对灯　什么都朦胧
何必什么都看明白
灯在近处亮　月在远处明

原载于《诗刊》1999 年 7 月号

# 八月初一月饼圆

小城中秋又提前
八月初一月饼圆
看皮好吃不单卖
想馅嘴巴不敢馋

往年一盒九千九
贵在镀金塑料罐
大盒小盒三重套
如装长生不老丹

今年改装大礼盒
六块小饼如弹丸
买饼不吃为送礼
收礼厌食供参观

堆到十五大甩卖
广播招徕进商店
圆月升高饼掉价
一块十元卖一元

八月十六退货忙
厂家车轮转的欢
莫问回厂咋处理
明年至多费点面

月饼文化有文化
“文”在包装“化”在馅
中秋改名骗子节
当然传进垃圾站

礼饼转销老顾客
扶贫赞助捡破烂
俯首赏月更有味
圆缺都在一瞬间

月在天上看人忙
既拜财神也拜官
躲进彩云包装里
怕被摘下骗大钱

原载于《西部新韵》2014 年第 4 期

# 粽子开发研讨会

董事懂啥啥就懂
懂啥说啥开会忙
食品研发议端午
粽子文化源流长

明年端午要放假
乐煞食品董事长
月饼创先获暴利
粽子研发更不放

传统品种太单一
研发决策搞多样
要比月饼包装美
市场拓宽销路广

现代餐饮习惯改
零食零吃成时尚
女士美容嘴不闲
咕囔咕囔练腮帮

鸡鸭鱼蟹牛羊肉
蚕蛹蚂蚱屎壳郎
大破传统都入馅
席餐零食香不香

何必只能包三角
四角寓发财运旺
五角送礼官星照
六角大顺更吉祥

苇叶淘汰换塑封
生态景观不影响
小盒外装大礼盒
彩绘金描供收藏

鱼粽每盒二百五
虾粽一千没商量
不信待到端午节
怕你钱少谗得慌

原载于《西部新韵》2014 年第 4 期

# 噪声雨

不知物业经理蒸发进哪片云
每天都给小区下雨
雨点横飞敲打 1.5 米 ×1.5 米窗口
居民楼成了超大录音机
不同的声音用汉字记录
都与主题词构成反义

“熟婆来”“手破啦”——收破烂
“肉鸭鸡”“又染疾”——修油烟机
“秀发姑”“跌翻沟”——修电饭锅
“舅检举”“叔查处”——收旧家具

漫过一波呼喊的风卷轻雷
又来一轮嚎叫的冰雹敲击
敲得晕头转向神不守舍
让你分不清南北东西
老娘们又发明一种健身新法
披一身雨后彩虹在窗外聚集
噼噼啪啪拍大屁股

拍出风雨交叉混响的新气息

太阳关闭红灯，录音未止
雨声还在大脑里挥之不去
吵得梦也飞进“黄金周”
去逛北京大栅栏上海外滩
或者到景洪西双版纳
在泼水节泼个痛快淋漓

2005 年 8 月于银川

# 杂感诗三十首

（1968—1979）

## 1. 朦胧

谁在朦胧中清醒
未必不聪明
谁在清醒中朦胧
可能更聪明

## 2. 怀疑

怀疑的镜子
既能缩小
也能放大
可以把真实变成零
又可以变成一堆谎话

## 3. 嫉妒

嫉妒有时比仇恨
更可怕

因为它罩进
爱情和友谊的
装甲

### 4. 心声

你用眼睛
无声地歌唱
我知道你
歌唱什么

### 5. 脚印

春天绿的
不都开花
夏天开花的
不都结果
秋天鲜黄的
不都成熟

### 6. 舌

舌头柔软
能积毁销骨

宝剑锋利
却一败涂地

### 7. 虚弱

占有多数
一拥而上
是虚弱
发昏的膨胀

### 8. 情

不是爱情　便是友情
不是友情　便是亲情
不是亲情　便是人情
不是人情　便是陌生
不是陌生　便是无情

### 9. 指头

他的指头
捻薄了钞票
却把人情捻得
比钞票更薄

## 10. 落差

人在山上庸俗
诗坠落山下哭泣
人在岸上堕落
文学沉入海底

## 11. 春寒

寒气袭人知春冷
铁茧难抽半段丝
待到一朝百花发
新枝不是旧时枝

## 12. 讲学

谁把复杂的道理
阐释得明白易懂
让听者心领神会
谁就有大学问真本领
谁把简单的道理
故作繁杂深奥
越玄乎越糊涂
谁就是学术骗子

浅薄的哗众取宠

### 13. 生活

生活不是总拨
算盘珠
拨来拨去跳不出
逢 10 进位的数

### 14. 理想

是高尚者肩上
一根纤绳
总要把人生的方舟
拖向港湾
是卑鄙者项上
一条锁链
怎么挣扎
也环环不断

### 15. 猜拳

喝酒猜拳
需要瞬间准确

生活不是打赌
同样需要敏捷

### 16. 良莠

莠子总是向天空
拔尖卖弄自己
而成熟的谷穗
却向大地垂首
默默地显示充实

### 17. 伤口

给伤口吃糖
不比揉盐
少一分痛苦

### 18. 贤愚

你沉湎于一堆
崇拜者吹捧热流
不知“愚近贤退”
因此对你敬而远之的
可能是真正的朋友

他能来得及
向你一声大吼
当心捧出陷阱
待你跌下去
再扔石头

## 19. 腿

要走路
谁扯谁的后腿
都是后腿
前腿是否
迈出去了

## 20. 强弱

强者不与弱者
争食
弱者无志
乃一懦夫
强者无智
乃一莽夫

## 21. 仙人峰

披坚执锐一峰起
陡崖深谷绿欲滴
时光老尽色不老
绿中自有花开期

## 22. 灯笼花

帘外冬雪遮星月
窗里青枝挑灯盏
小灯伴我度寒夜
迎来春晓花更繁

## 23. 玫瑰花

总是把花蕊
献给蜜蜂
却用一身尖刺
赶跑蚂蚱甲虫

## 24. 水仙

我不爱水仙

因为它需要水分
太多
不像沙枣花
耐旱
耐热

## 25. 一种诗人

狂狂然如疯
飘飘然如醉
苟苟然如鼠
随随然如鬼

## 26. 桂冠

不是诗属于你
而是你属于诗
不是你写诗
而是诗写你

## 27. 世俗

如果脑海里
淤积世俗细胞

悟性将被湮埋
灵感将被吞噬
激情将会窒息

**28. 灵感**

如果你亲手栽的树苗
从幼龄培育到成龄结果
看第一颗熟果悬在枝头
就听见灵感的呼唤
它会使落花归蒂
绽放激情
让秋叶重新泛绿
润饰词彩
让一根根枝条排成诗行

**29. 验钞**

一种新型验钞机
假钞分辨率百分之百
用道德底线
纪律觉悟
法律意识
在人们心中点钞

## 30. 希望

前天是昨天的老师
昨天是今天的朋友
今天是明天的情书
明天是今天的未婚妻
后天是今天的新娘

# 第三辑

T O N G K E N H E Z H I B O

# 通肯河之波

——闻钟诗体自传（节选）

# 通肯河（序诗）

在松嫩平原丰腴的胸脯耸起二克山乳峰
你从乳头流进广袤黑土地与天边云霞接壤
不是“有仙则名”的怪石奇木陪衬之水低处流
才流不出跳梁直泻虹影一现的缭乱花样
而你“有龙则灵”拥抱平坦与肥沃之水高处流
让河谷的风把浪花嫁接两岸无边的田野
就高粮晒米、玉米穿缨、大豆摇铃了
一眼望到天边，一天却走不出青纱帐
一条条、一块块沙沙翻卷的色彩诗韵
胜于一切玩味辞藻乱甩枝蔓歪扭的想象
茂密的狼尾草、连片的柳丛塔头墩乌拉草
绿浪漫过映山红、野百合、山菊花的馨香
金鲤、银鲫、鳊花和大鲇鱼戏游
下河百捉不空，何须费力张网
岸边支锅点燃断木枯枝河水炖河鱼
原汁原味的野餐赛过名厨珍馐羹汤
红颏鸟、烙铁背鸟在柳丛婉转啼鸣
云雀和山鹰在河边造窝，在蓝天飞翔
爸爸割来乌拉草打成细软轻柔的丝缕

裹住双脚就能踏破零下四十度酷寒冰霜
一捆狼尾巴草铺在高粮秸皮编织的席下
隔凉隔热适度温馨赛过席梦思床
我闻到鱼香、草香、花香、野蜂蜜香
在春寒料峭的一个日上三竿的早晨
忽然搅起母亲卷席而卧分娩的阵痛
让我赤裸裸跳在软绵绵狼尾巴草上
接生的老奶奶喊叫：“落草啦，大喜呀！”
是落草为贼为寇，还是落草为善为人，
怎么落到河边草上反而让爸爸欣喜若狂？
奶奶说爸爸也是这样落草出生
才成为农忙下地、农闲教书的秀才
而我落草发出的第一声儿啼飞进通肯河
不知被潺潺奔流的河水传到什么地方
只知道我思维发育与河边柳的根须纠结
长到超过塔头墩的高度，就与河狼捉迷藏
钻草莽找野鸭蛋，却捡回两个狼崽
妈妈说这是枪口下失去母亲的孤儿
索性用自家圈养的奶羊作狼的乳娘
羊羔跪乳，母羊却不拒绝狼崽卧哺
把两个雌性狼崽喂养成羊女情窦初开
都长得毛色如青青原上草
披一身碧波粼粼的通肯河风光
见到喂其乳的羊母也贴脸舔毛梳鬃尽孝

与猪兄羊弟犹能结伴护群相聚一堂
见到好人就俯首摇尾撒欢示敬
见到坏人就龇牙瞪眼故露凶相
爸爸说：“人爱憎分明，要善于藏锋隐形
喜怒不形于色，可防小人暗算中伤
恐儿子抱养的狼崽也长出儿子的爱憎
一旦野性回归扑咬恶人易招祸殃。”
为规避隐患，牵来村中一个雄性牧羊犬
想留下改良种，再把母狼放归通肯河
让两具子宫都怀孕，肚腹也明显鼓胀
可是怀到一个没有月亮漆黑的夜晚
忽然传来悠长的狼嗥在夜空恐怖地回荡
两只母狼也嘴巴朝天应声嗥叫
唤来河边几只野狼进村包围篱笆墙
爸爸挥舞火把防卫，开门放狼出圈
两只身怀犬胎的母狼跑了，都不知去向
时不时早起出门，见到抛进院内的回报
是还在流血的山鸡，刚刚断气的黄羊
直到我的羽毛初丰也飞离黑土地
抱养的通肯河狼还守护河水在我梦中流淌
流得天未荒，地未老，童心未泯
而河边柳毛毛狗的银絮，已掺进我的发丝
还算硬朗的骨架犹有河滩的高效钙
感觉犹有红颏鸟、烙铁背鸟、腊梅鸟的音韵

寻通肯河的根，就找到我自己的根啊！
英年早逝的父亲怀抱仁义礼智信灵牌
与高寿迟去的母亲魂归防洪堤下睡得安详
你河床的浅皱和柳墩的根须
不知什么时候爬上我额角腮帮
只要心坎挂着你名字就使我倒数年轮
在无尽的乡愁和思念中每天从童心开始
吃着你摇铃大豆，穿缨玉米，晒米高粮
用我从岸边带来的塔头墩黑土
再造小河弯弯一马平川的田园胜景
像通肯河狼守护日转星移永不老的
是我故乡的河，生我养我的母亲河啊！

# 马家围子

狼来了，人跑马占荒，通肯河跑狼占房
狼尾巴草一绺一绺饱蘸泥浆拧成拉哈辫
编织一座百十户人家的村庄
白马杨三姓族群定居，村名取自先入为主
阴阳先生却说马家抢占的坟茔犯忌
辐射族人不出大富，也无人入士上榜
后来者是清吏白刚和皇妃白元春苗裔
宫庭内斗族患株连收回奉禄封地
四代王孙白玉先只好率族群出关北上
跨过松花江桥，在通肯河边落脚
鞭龙驹，圈膏壤，与马家结邻造屋
开垦肥得流油的黑土地
兴办“南北大炕，书桌摆上”的孔孟学堂
族人不出坑蒙拐骗为非作歹败家子
日渐振兴，房屋土地占全村一半以上
御匪患，开挖护村壕，打造长枪短剑
江北的胡子不开面，也望而生畏
不敢轻易拉出人马进村行抢
理村风，立仁义礼智信文明道德规矩

良女以敬老爱幼，勤俭持家，和亲睦邻为荣
恶妇说东家讲西家扯闲话传瞎话为耻
刁娘们嫉妒东邻猪生肥，路过院门打瘸腿
仇视西邻鹅蛋大，暗破蛋包漏清黄
被邻居发现揪其道歉，绝卵不育按价赔偿
三姓族群文明与愚昧的磨合
胜过通肯河水秋凉春暖潮落潮涨
就在护村壕畔柳眼初睁时节
宣布我成为马家围子第三代村民
久盼子嗣的爸爸恐生意外
刺穿我左耳垂，用一把金锁锁住希望
后进村一个论辈该称舅爷的王大乏
抽大烟扎吗啡，也时而进城嫖娼
常对沾亲带故的偷摸拐骗
串到谁家都让人小心提防
母亲进小园摘菜，大乏乘机溜进屋门
哄去我手中烧饼，笑嘻嘻放进嘴里
一口“给你咬月牙”，又一口“再咬掏耙”
退给我一半，摘去我耳垂金锁
说他会换给我一辆小轿车、一把小手枪
爸爸妈妈回来才说我受骗上当
找上门去索要也空手而归
金锁早被舅爷换吗啡注入脏污的血浆
后来村民送大乏外号又称王半截

源于鬼子投降扔下的日本娘们卖淫
舅爷嫖宿一夜就染上杨梅大疮
烂掉半截人根换得村民的雅号
不过半年蔓延全身烂肉一块块脱落
医生说是梅毒扩散肌肉溃疡
临终，其子王新怀戴大棉手闷子收尸
裹一卷残席抛到通肯河套露葬
狼果然来了，为首的正是我抱养一年后
怀孕放归河套的两只母狼，带一帮
牧羊犬交配的特种通肯河狼崽
像一阵旋风扯开残席拖出舅爷
齿啃其肉还能品出大烟和嫖淫的特殊气味
狼也上瘾了，夜间寻味就窜进村庄
找到各家小园种植的罂粟
开花的摘花，鼓桃的毁桃，出茎的折秧
还跳进招野汉子的娼妇院内捣乱
张牙舞爪扒门，甩着尾巴敲窗
狼跑回河套，遇老幼良善过河不惊不扰
对拆桥堵路、忘恩负义、丧良心的男人女人
遇必袭，见必咬，无死也伤
母狼咬断牧羊犬熟悉的一个色鬼的宝贝
雄狼撕破不良女秘处还咬伤一个乳房
爸爸说狼对人平衡生态，野性袭咬过火
人对狼生态平衡，应捕捉入圈教化驯养

品德只能靠善恶必报的因果关系调解
舅爷才有“多行不义必自毙”的必然下场
但我的金锁呢？上学听吞金自毙的故事
知道黄金的毒性不亚于吗啡和砒霜
想它、看它、摸它、戴它都成瘾
得其一，望其二，贪多易招身名祸殃
感谢舅爷画饼充饥骗去那一只金锁
如戴到长大，观金饰误认女郎求爱更好
只怕连耳朵也被薅去丢到什么地方

# 记忆触须

## 一

妈妈生我的头发就是自来卷
每根发丝连接一起的记忆
是数不清的弯弯
爸爸清晨唤醒第一个弯弯是抱起我
只给我穿一件绣花兜肚
像过年时爷爷做红烧肉系腰的围裙
去庄稼地品味谷穗吮吸露珠
阳光织进薄雾淡淡的轻纱
在绿海茫茫滚动的露珠里熠熠生辉
这是我第一次走进的童话世界
我跑进垅沟摇动头上的谷穗
摇落露珠洒下的一场雨
打湿爸爸的裤筒，染黑了我的卷发
爸爸两只手拼成妈妈舀水的瓢
我摇下的露珠都往瓢里滚落
一瓢一瓢给我洗脸，给我淋浴
爸爸说世界上最清洁最纯净的就是露珠

从黑暗的缝隙挤出光明，第一个
亲吻朝霞，拥抱阳光，抚摸风云的是露珠
洗印花朵与果实的底片，附着绿叶上
悄悄提醒禾苗成熟的最美丽露珠
爸爸说只有露珠才是上帝洒下的圣水
洗脸就聪明，擦身就善良忠厚
洗出我鼻孔的喷嚏，全身的寒战
洗出妈妈和爸爸的争吵
吵断了我第二个弯弯的记忆衔接
不知我睡了几天，掀掉头上的冷毛巾
对妈妈说我正在地上走路
露珠都从我身上滚下来在眼前飘浮
我捉呀捉呀就跑到东院
见东院姑奶站在大缸旁剁猪菜
我追着露珠往东走，前面的土地忽然溶化
一块一块缓缓飘浮移动
我再往前走，姑奶一把拖住我不放
妈妈听了立即拉着爸爸去东院
到我说溶化的土地上烧香磕头
抱去一个猪崽送礼
大姑奶还不知道为什么感谢
妈妈说我看见的土地溶化是阴阳界
拖我回来的姑奶就是救命恩人
爸爸却说好亲好邻都是吉星

处好了，能规避不知的生存风险
甚至使你躲避不明的灾祸
长大写诗，才知道记忆的第一个弯弯
就是对风云雨露和大地的好奇

二

莫非爷爷只有爸爸一个独生子嫌少
才认了我从小数不清的干儿子
前村后庄缺吃少穿地找爷爷
借几块大洋、几斗小米
叫一声“爹！”爷爷就笑眯眯说“别还啦，好好干”
关里拖家带口逃荒讨饭走到柴门
爷爷叫进西厢房住些天
待村里拉哈辫马架编成，搬出去
再叫一声“爹”，爷爷又笑眯眯送出门
“好好种地吧，好好过日子”
我被北炕叮叮咔咔响声吵醒
下颏搭在枕上一望，又是爷爷干儿子
正和爸爸对着油灯擦手枪
姐姐讨厌，把我的鸡毛毽子踢丢了
我趴在炕梢向大柜底下伸手寻找
发现席下两块木板盖着的假炕洞里都是枪
是我见过的黄狗子进村要粮背的三八大盖枪

爸爸夜里带回爷爷一个瘸腿干儿子包扎
白天察觉有人动过炕席和木板
就对我和姐姐单兵教练，轮流审问
我承认见过枪了，爸爸第一次对我厉喝：
“不许对别人说，说就打死你！”
我：“打死以后我也不说！”
爸爸摸摸我的卷发：“好小子，还诚实。”笑了

三

我还是没忘爸爸带我去的谷地
自己跑进去接露珠洗脸
忽见垄沟里窜出一个小猪崽，像小猫
哼哼叽叽摇摇晃晃拱土觅食
我抱回来，妈妈一看全身黑毛
说出门捡别人扔的黑猪不吉
让我再送回原处，爷爷阻拦
说捡黑猪是福星临门的预兆，留下喂养
忽听窗外隆隆作响，爷爷抱起我出门
只见北方的天空像涌起滚滚黑云
三角对称列阵的飞机漫天而来
从早到晚一拨一拨飞过马家围子上空
爷爷说：“小日本鬼快完蛋了，满洲国快倒了。”
第二天晚上，北方地平线又像山火燃烧

一串一串车灯的光束挑开夜幕
只见每辆车后都挂一个两轮炮车
车厢里钢盔和刺刀在灯影下闪闪发光
苏联红军机械化部队到马家围子暂停
寻找通向日军驻通肯河防线据点的道路
全村只有爷爷在沙俄跑毛子时学点俄语
找翻译问路就请爷爷当向导
全村女人以为又是沙俄老毛子来了
都跑进护村壕底茂密的草丛里躲藏
军官下车从村东走到村西不见一个女人
拍着爷爷肩膀哈哈大笑："告诉她们回家吧，
我们不是白军，是解放你们的红军。"
爷爷上车，爸爸妈妈哭了，担心此去无归
从日军驻地方向传来几波闷雷似的炮声停息
爷爷回来了，带回两条俄国栽绒毯的酬劳
说："小日本全报销了，军营都成尸首仓库了。"
不过几天，一个进县城串亲的村民回来
进村就喊："鬼子投降啦，满洲国倒啦！"
邻村也闻讯大放鞭炮
各村敲锣打鼓扭秧歌
通肯河边彻夜欢腾比过年热闹
爷爷的一个干儿子当上战后新政府县长
几个穿东北抗联军装的战士来到我家
爸爸掀开假炕盖板，取出十支钢枪装上马车

战士向爷爷和爸爸“立正，敬礼”
赶车走了

## 四

我从谷地垄沟里捡回的小黑猪
喂到膘肥体胖，应了妈妈说的不吉之兆
全村一阵风似的挨家挨户病倒
鬼子投降前两年，给通肯河边各村
下达硬性指标，每家每月捕五只田鼠
俗名“大眼贼”，必须是活鼠上交
谁也不知道用于细菌战
也没听说哈尔滨有731细菌部队试验厂
鬼子投降撤退前，打开细菌工厂大门
将数十万只带菌的田鼠放归田巢
黑龙江省白城、呼兰、望奎、明水、
安达、拜泉、海伦等十余县鼠疫蔓延
有些坟地与村庄毗连
死人守望上百户空房
马家围子五十岁以上的男人女人
几乎在二三日内全部走光
活下来的小孩和青壮
得益于河西日本开拓团一个军医
带几个日本娘们和少女走进马家围子

见老跑腿，娘们下跪“：要我吧，要我吧！”
见小光棍，少女搂脖：“要我吧，要我吧！”
军医唯恐他带来的女人再成寡妇
给全村各户发放抗鼠疫药品
我们一家才只有七十四岁的爷爷走了
爷爷躺在外屋一张床板上
爸爸妈妈还躺在养病的炕上呜咽
我看着爷爷咽下最后一口气
还不相信死亡。一大帮干儿子进门
穿军装拄拐的，牛皮带挂枪的
吊兜装别钢笔的，干部服八角帽的
跪地就磕头，烧纸就呼“爹”
他们给爷爷运来一口大花头棺材
把我捡来育肥的猪杀了
说这头黑猪才是尽孝的灵物
该着我为爷爷这一天捡来的灵物
吃罢猪肉做的祭灵杂烩菜
教我这个长孙代替爸爸
扛灵幡、撒纸钱、摔丧盆
看爷爷的干儿子们挥锹把棺材埋进土里
我才哇哇大哭，爷爷真的回不来了

# 私塾学堂

距东面县城百里以上的农路
春暖融冰、夏日雨后泥泞的脚印和车辙
冬来飞雪就披上一身摇滚的鳞甲
老人说这条路也是龙吸水
从东岗官道岔下来，穿过庄子伸向通肯河湾
路北一座六间连脊大草房
有柴火熏烧得热烘烘的土炕
听说国民党没打进哈尔滨，只在江南驻防
共产党清乡剿匪即来就走，丢下大房子
前天鸡鸣狗盗的上炕宣布当村官
昨天二流子抢帽，村民不认可也装官
今天大房子还是无政府乌托邦中心
村里失踪多年的秀才回来了
开办“南北大炕，书桌摆上”私塾学堂
老师不为五斗米折腰，非但分文不取
还免费发给学生课本、笔墨、纸张
我上学就背两个书包
一个装《三字经》《百家姓》《千字文》
《千家诗》《增广贤文》《上〈论语〉》课本

一个装一百个小泥球和砚墨毛笔
上语文课，死背“人之初，性本善”
上算术课，活用一百个泥球演算加减乘除
课外活动附加“倚不中窗，立不中门
坐不中席，卧不中床，行不中路”的《礼记》
和提前摘编的“仁义礼智信”，“温良恭俭让”
“己所不欲，勿施于人”，“善恶到头终有报”等
《论语》和《名贤集》格言。老师敲着竹板
教学生务必在家长和兄嫂面前熟背
小孩反而成了文明道德课辅导员
乌托邦半乌托邦、似官非管的村风
也维持没有打架斗殴偷摸抢夺的秩序井然
二年私塾刚学到《下〈论语〉》半本
老师又忽然失踪。土改工作队来了
村民召集到学堂南北大炕
斗地主，按一等富二等富定成分
选村官，按一等穷二等穷竞优先
吸毒嫖娼弃尸雪野的王大乏
留下一个家无隔夜粮的儿子王新怀
被评定特等穷，却拉票当上穷凶恶极地
“见姑娘先乐，见男人没笑
怕吃亏就鞘，有便宜就靠
开骂嘴就臊，说打伸手捞”的村官
骑着分果实优先得到的大洋马

跑到通肯河边大甸子兜风
突然旋风般冲出一群狼
大洋马惊恐万状打响鼻，毛了
一尥蹶子把他摔在其父曝尸的地方
又让一群通肯河狼果腹

# 流浪在远方

## 一

妈妈也出身关内大户名门
三年大旱下关东与爸爸结婚
生下两个姐姐都像妈妈年轻一样俊美
风姿绰约，落落大方，举止温存
大姐听信媒妁嫁到三十里铺
不堪刁蛮婆子虐待经土改离异
回到娘家，花未凋残却虚度青春
二姐嫁给村西一户农家独生子
却也是“打到的媳妇，揉到的面”
过门一个月就带回遍体伤痕
爸爸心疼女儿带她找村官讲理
反而遭王新怀辱骂：
“别以为你给抗联藏枪，是功臣
你说老子是鸡鸣狗盗之徒
老子也当上村长
不准小姐离婚，也对你教训教训。”
说完，抬手就打两个嘴巴

“叭”的一掌拍落东厢红日
“叭”的又一掌扇起西厢乌云
爸爸回到家里就吐血盈杯
挺过日本鬼子放鼠传播的疫病
又遇上比鼠疫更毒的瘟神
妈妈的泪水流进爸爸的血杯
不盼开拓团的军医回诊
自己买药也让爸爸站起来
只好用我与算命瞎子交易抵身
腊月到二月是算命旺季
我领瞎子跨过冰封的通肯河
走遍明水、拜泉、依安、克山
诺河、德都六县大部村镇
我领的只是额头下长睫毛的瞎子
一只上睑下睑有缝对接
一只下睑耷拉淌水露仁
是半生未娶的一个鳏夫
村里说他弟媳也是哥俩股份夫人
县城没有残联，他加入瞽目协会
进班接受盲人卜卦培训
也少不了生意经、礼仪课
卜辞与交谈总要讲点斯文
其实他通身都长了眼睛
盯人看事也如瞠目炯炯

耳目残疾似乎同具心理缺陷
精神障碍也需要顺时针调频
有歧视与反歧视的瓣膜充血
也有自私和贪婪的动脉曲伸
对健全的强者显示软弱
与弱者竞争却无比的坚韧
这是我幼稚的观察与思考
给算命瞎子算出的流年大运
他教我的第一个规矩
是必须称他“神算先生”
叫“瞎子”，就吃他一顿闷棍
第二个规矩是必须敲炸
小锤一打就炸飞锣音
我左手牵竹竿，右手提铜锣
他右肩行李卷，左肩三弦琴
看见房子就演《平原游击队》
噹！噹！像预报鬼子进村

## 二

“三九四九，棒打不走”，农家歌谣
低温有时到零下四十度的北大荒
说老娘们夜间不敢到户外解手
怕起身晚了，连什么也冻在地上

老头夜里出门都带小木棍
一边放水一边敲打冰柱
这是对数九寒天调侃取乐的夸张
但北大荒的寒冬酷九
太阳也冻得缩身打战
蓝天也抹上一层薄霜
在茫茫雪原移动两个黑点
像太阳耀斑脱落的黑子反射雪光
这就是我领着算命瞎子
在那白茫茫的原野上流浪
手里铜锣“哐哐”呼唤暖意
唤来炮烟雪把锣声冻僵
进村了，被叫进算命的农家
我就从地狱一步走进天堂
瞎子摸大象的耳朵
至少能说明他知道簸箕的模样
算卦不过是闭上眼睛摸人
说你手是搂耙，就财运三江
说你腿是柱子，就有高寿
说身后有井绳，就是恶兆
说身前是墙，就开门吉祥
先问你生年、月、日、时
再叮叮咚咚把三弦拨响：

　　八卦天书传给周文王

六爻四柱顶数刘伯温
三英战吕布百战百胜
都胜在诸葛亮算得准
八百里连营一把火
来自诸葛周瑜手掌心
天书传给我给你算一算
算对了给多给少都凭你
算错了算我白算不收一分
你生来秉性耿直脾气犟呀
满肚子热肠子对别人
帮人助人你不讨个好哇
到后来反而嘴上得罪人
命中有的你定该有
命中无的争来争去枉费神
你操心劳累挣多少花多少
到头两手空空没攒分文
"客官你说我算的对不对？"
"对，对，我就是这个脾气
凭心把人帮，嘴又把人伤
人家不感谢，帮了也白帮"
"你是丙子生年水命人
三男二女，子孙满堂"
"不对，我只有一儿一女
还差三个，有病不生养"

“那我也没算错，都怪你爷爷
坟茔地埋错了方向”
错了，再找别的借口订正
对错都以话套话套在舌尖上
他教我看算卦的脸上痦子
左右的暗号是扯衣裳
右拉一下，左扯两次
扯三下没痦子，准我离开身旁
扯就扯一下吧，他对算卦的说
“你右脸长一个痦子对不对？”
“对，对，你咋算得这么准”
“长错了，若长到左脸颧骨上
你就能发大财，坐大堂”
我随身带一本《千家诗》
有算卦的就瞎扯三下不放
他就“去去去”，准我躲到一边背书
见村里有学堂，扯三下更灵
老师在屋里上课，我在窗口听讲

三

捂严狗皮帽子，系紧乌拉绳扣
出门背着冰冷的阳光，还是北行
走进以水得名的讷河县界

山衔日半露，桦林近朦胧
瞎子说就在山边大庄子住下
敲着我的脑袋说第三座马架靠村东
领到门口，一条大黄狗跳出院门
张牙舞爪发起进攻
我赶紧操起竹竿准备自卫反击
瞎子叫我手中小锣敲几声
邪了，这狗好像也听懂
“哽，哽”坐在门前还想听
锣声传进屋里，出来一个
瘸腿男人，迈步一走一蹦
接我们走进暖烘烘的马架
南炕下来一个女人，短辫齐肩
窝瓜屁股，茄子前胸
西瓜脸上的眼睛都有睫毛
一只向上翻白，一只朝下露青
瘸子秃顶忌光
瞎子不用点灯
晚上摸黑上炕睡着了
瞎子下地摸墙把我碰醒
我好奇地往南炕一看
纸窗上演驴皮影
早晨睁眼见睡我身边的是瘸子
与瞎子调换位置，各做各的梦

出门去算卦，瘸子说他看家
女的一路随行，我手提铜锣
可是一根竹竿，两头没眼睛
我夹中间领两个，路宽接地垄
真是立起竹竿城门矮
横着竹竿城门窄
抱着竹竿哭，还是顺着竹竿顶
其实两个家伙早就不用领
忽而挽臂搂腰走四拍舞步
忽而踩上土块蹦出“快三”
时不时也来个嘭嚓嚓“拉丁”
路过河套，都说累了
瞎子让我点燃干柴，雪野乱红星
他俩并坐柴堆上
唯我溜边看风景
瞎摸窝瓜烤得熟没熟
又摸茄子鼓包生不生
摸馋了，就亮出两片唇刃切西瓜
切出一小瓣沙瓤熟得紫红
女的摸起算卦的硬家伙
让瞎子教她把三弦拨弄
瞎子手把手教“宫商角徵羽”
五音定位却二十个指头在琴弦滑动
滑出女的纵情歌兴，瞎子伴奏

篝火演唱会，只有我一个听众：

大清国咪太平初哇啊
十七八的姑娘
想丈夫咪
妈妈你好胡涂哇啊……

柴禾烧出噼噼啪啪掌声，再来一个

送情郎，送情郎
一送送到大路上
情郎你一去何时归
怎能不叫妹妹断肠哟
我的情郎，我的情郎
妹妹的话你要记心上
路边的野花你别采
千万你可不要耍赌嫖娼

火烧得旺，柴火又鼓掌，还来一个

正月里咪，正月正
东三省的景致数着哈尔滨
道里修个小火磨
裤裆街，两下分
道里道外是洋人
嗯啊哎咳哟，卖洋溜的
都是一些河南人呀呼咳

我都学会了，想家就唱给自己听
瞎子听歌想谁，我小还说不清

能看清瞎子掰着女的左手
拇指掐无名指根起算
经小指根向左转到中指根
就推出天干地支对位六十花甲运程
我睁眼一看就是小学课
12-10+10 循环叠错对位法
用读私塾一百个泥球演算更懂
子鼠丑牛寅虎卯兔辰龙巳蛇午马
未羊申猴酉鸡戌狗亥猪都在其中
西金东木北水南火中央土
五行生克正推反推推进纳音婚歌
你就基本学会四柱算命
嘿！不用谁领我，闭着眼睛蹲地摊
保准一张接一张钞票往盒里扔

**四**

路过几个大庄子，规模不下百户
怕敲一声锣响，不敢停留脚步
土坯草房还围着柴门小院
房子的门窗多半拆除
一间接一间窗口和门洞
像魔鬼的眼睛和大口炫耀恐怖
只剩几家厮守鸡犬不相闻的寂静

出门也不敢走毗连坟地的小路
说瘟疫死去的人们也走这条路回家
常听见他们在空屋里啼哭
择路折返拐进克山癞马沟
马不癞，看人好像是另一个国度
听说食用这里的井水
身体活动部位都长大节骨
眼大，脸大，头大，臀大
手指脚趾和四肢短粗
算卦的不少，瞎子想停留
我说我小，不喝一口水，更不吃住
我丢下竹竿，他执拗不过
才走出癞马沟，进入诺漠尔河谷
在东行几个大庄子挨家挨户算卦
晚上住进一家三间草房
东屋是老两口
西屋住个十六岁的小寡妇
东屋正面墙挂一张照片
下边小桌上还点香火蜡烛
说儿子结婚只过洞房花烛夜
第二天就去大兴安岭伐木
被砸死在一棵伐倒的树下
小媳妇十六岁守寡未嫁新夫
瞎子在东屋给老两口算卦

我翻开《千家诗》在灯下捧读
小媳妇走进来抢去书本
拉我去她新婚的小屋
进门，窗帘遮掩没有一丝灯光
她关门反扣，就紧紧把我抱住
热辣辣地吻，还解开衣襟
抓住我的手塞进她的胸脯
掰开我手掌捂在肉包上
又搓，又揉，又揉，又搓
我刚到十岁也不比她身矮
她的肚子紧紧扣住我的肚腹
只觉得她下边直喷火苗
怎么让我贴上一个烧热的茶炉
她手强行塞进我裤带正要往下掏秘密
忽听瞎子喊我的名字
她才一撒手放我出屋
第二天出门，她抢去小锣
敲了几声，送到村外小路
望着我的背影远去
回头见她还站在路边揉眼睛
不知是笑是哭

**五**

瞎子每天晚上都数钱

当然不费眼睛，也节省灯光
棉裤里贴肉皮缝两个大兜
手从屁股后伸进裤裆
捻纸币无声，如捉虱子
点硬币叮叮响，像掏手枪
有时给钱让我去买香烟火柴
也不会剩零头够买一块糖
只有一次想家，催他快点回去
才从裤裆里抠出小票一张
让我买一串糖葫芦
八个大红山楂我一口未尝
他接过去一个一个瞎摸一遍
又用手比量山楂多大竹签多长
“这是大串，十个山楂少两个
你吃啦？吃了就别撒谎。”
“你就没见过糖葫芦是黑白青黄
吃没吃，咱俩是谁没把实话讲。”
“别生气，没吃你就吃吧。”
“都给你吃吧，我嫌你掏裤裆手脏。”

## 六

进入德都县境，到诺漠尔河中段
远望小镇基督教堂阁楼十字架

在夕阳斜照里闪闪发光
赶到小镇觅宿，旅店都满员无床
进这家并不算卦，却留我们过夜
现抱柴火烧热耳房一铺火炕
主人招待一餐小米云豆干饭
家常豆腐，川白肉酸菜粉汤
瞎子要给主人算卦抵销餐宿费
女主人说："我们的教规
不准算卦。"劝我们对招待不要多想
我看小桌油灯下放一本厚书
是《圣经》布面硬皮精装
翻几页，女主人问我："识字吗？"
我掏出《千家诗》，说刚上过私塾学堂
女主人教读《圣经》里几段话
拿来毛笔泥砚，铺开宣纸一张
她正要为我抄录，我说我会写
就看着我挥笔录下几段书行：
"主说：到我这里来必定不饿
我是你生命的粮"
"上帝造人，把智慧给了善良的人
而把愚昧给了恶人"
"败坏之先，人心骄傲
尊荣以前，必有谦卑"
女主人看罢惊讶地说："感谢主，

你人小小的，毛笔字写得这么好
是主给你的聪明、智慧、善良。”
她久久看我，看我脱线的衣襟
裂缝的裤筒，似乎露出哭相
我看男主人长相特像我爸爸
女主人也像我妈妈端庄的脸庞
晚上入眠，果然梦见爸爸倒地
躺在爷爷躺过的木板上
妈妈和姐姐都在爸爸身边笑
天明早起，向瞎子说梦眼泪流淌
解梦说笑的反义正是哭
爸爸病危或去世才如此悲怆
我也哭疯了，威胁瞎子不让我回去
就弦断音绝，要把三弦琴摔向屋墙
穿衣出发，我的裤子呢？我那条
面子露棉里子开花养虱子的裤子
女主人说她扔到雪地，供人拾荒
拿来她连夜为我做成的新棉裤
试穿不长不短正合我身不瘦不胖
女主人看我对瞎子哭闹，也哭了
顾不得问我的姓名和住址
我也顾不得记下她的地址和姓名
正如蛇被冻僵不知农夫姓名和地址
农夫也不问蛇从哪里来，为什么冻僵

我不是蛇，女主人也不是农夫
但她为什么不问我是蛇是人
先知恩报不及与后知而未报
忘不了的愧疚也是一种感伤
我领着瞎子从日出走到日落西山
住在离马家围子二十五华里的三道镇
第一场春雨泼出满路泥浆
进城果然见到邻村的熟人
扯袖问一声："我爸爸是否安康？"
他问"：你出来多久？你爸已去世。"
我晕倒在这一声霹雳的震响
路人扶起我，才第一次改口
"你这个瞎子！可把我坑苦了！"
连拖带拽领瞎子上路，避曲求直
取捷径偏走拉草车道，穿过大荒
走到离家五里的河套
果然窜出三匹通肯河狼
悲愤交加不怕吃，但别先吃小孩
瞎子块大，脸啃过西瓜屁股也胖
我拿起竹竿躲到瞎子身后
瞎子吓得一肚子尿往乌拉里灌汤
他喊"救命"，狼就扑向人根咬一口
一匹母狼认出我曾经把它抱养
给另两匹狼使个眼色

三匹狼就都退到安全线外草场
母狼牵头，排成仪仗队
缓步并行看着我继续领瞎子回庄
回头看瞎子裤角有血，问：“疼不疼？”
他说：“疼也快走，总比让狼吃了强。”
雨中远望村头站着蓑衣草帽女人
近前喊我乳名的声音传到耳旁
二姐冒雨扑过来抱着我大哭
从爸爸病危临终之日起
她每天都站在村头张望
终于盼到我回来了，告别流浪的远方

# 我的大学

我走遍北方五县雪原的白色脚印亮出绿色
只拿上东北发行的二十张红色“流通券”
爸爸不等我归来，就提前走进坟台荒草
省下这买药钱，也算作车薪与杯水的遗产
一杯水倾泻黑土地，就流出穷人的志气
妈妈还用狼尾巴草蘸泥浆编成鸡舍猪圈
喂鸡不敢吃蛋，只怕开春缺米
养猪不敢食肉，唯恐冬日无棉
一杯水漂起爸爸为抗联藏枪的炕洞
忽然变成诺亚方舟救生的航船
爸爸给抗联战士秘密包扎伤口的豆油灯
忽然像拨云驱雾的红日出山
又是爷爷的一个干儿子当上本县县长
下乡带优抚人员到爸爸灵前凭吊悼念
将刚从扫盲班毕业的二姐带走
安排到乡政府当一名妇联专干
大姐也和一个土改工作队员结婚
给家中一点添补，减轻吃饭穿衣负担
剩下我和弟弟都长到入学年龄

靠一女供三男也难如缠足蹈步向峰顶登攀
我是兄长，已读过二年私塾孔孟
帮妈妈养猪喂鸡、供弟弟读书理所当然
读过的《三字经》是否可以变通使用
“人之初，性本善，苟不教，性乃迁之于恶
狼之初，性本恶，教之道，性乃迁之于善”
我还想到通肯河边钻柳丛抱狼崽
驯狼警用，长大当一名狼侦警官
妈妈哭了，说爸爸临终大呼我乳名
留下“必供我读书成才”遗嘱才闭上双眼
二姐回家传达人民助学金政策
说我和弟弟的培养费用可由政府承担
但我该上什么学，到哪里去学
村中私塾老师失踪，已拆除南北大炕
六间大草房变成公办低年级校园
两个弟弟入学了，开始读“一个人，两只手”
我呢，熟背《千字文》就超过一千字以上
九千多常用字早储存记忆的词典
尺牍书信、记叙作文非初中毕业可比
硬笔毛笔书法敢说也超过大专
只差私塾用一百个泥球玩不过分数代数
苦于没入数学补习学校让我双兼两全
只好跳过小四低年级直入小高一二
但需要补习数学参加统考录取通关

求谁补课？新上任的村长说失踪老师是特务
已派两个目不识丁“瞪眼瞎”去缉拿归案
先去山海关、葫芦岛，又追回县城
瞪眼见“特务”拎包进办公楼安装定时炸弹
向公安局报告，警察也来围捕
县长火了，说多少误会让好人蒙了冤
其实老师从九一八事变就在家乡失踪
是爱国抗日的归侨当上本县政协委员
办公室主任陪老师送“瞪眼瞎”回村交差
全村男女老少都出门迎亲笑语声喧
村长一看不是欢迎为他争功的巡捕归来
也满面羞惭去和“特务”握手言欢
我的人生第一任恩师回来了
还无偿投资为本乡建一所中心校园
特意安排一名教师为我补习数学课
让我参加全乡招生统考优异录取进班
开春入学到高二改暑期毕业只读年半
继续求学还是工作两个选择摆到面前
国家经济大建设需要快出多出人才
党校保送年龄下限十八，上限也四十放宽
专招识字班毕业摘掉文盲帽的
必须是特等穷一等穷家庭成分入党入团
毕业分配到哪一个单位都当大官小官
普通中等教育也开辟理想的捷径

初中三年主要课业压缩一年学完
工农速成中学和简易师范学校应运而生
贫困子女保送入校，食宿费用全免
我却争取校方保送到农校畜牧专业
愿和动物打交道当兽医或饲养技术员
还想钻柳丛再抱养两只通肯河狼
把狼性驯养出人性也是科学的奉献
可是恩师却让校方保送我到工农速成中学
入校一年，又升入省财经中专
三年毕业，分配工作犹十六岁未满
工作七年才带薪保送鸡西矿业学院进修
此生总算登过煤炭部直属高等学府门槛
还用一百个泥球计算：私塾二年、高小年半
速中一年、中专三年、进修一年
我的大学只读八年零六个日出月圆
课外专修动物心理学、文艺学、诗学
不理想的，没包装什么证、什么职
理想的，也没捞上什么名、挂什么衔

# 第一个圆圈

摊开妈妈缝的狗皮褥子和补丁麻花被
卷起江城三年苦读的体温和日月风霜
回家等候分配通知，又进柴门小院
惊愕，迎接的却是一只小小通肯河狼
妈妈说还是我抱养放归的母狼记住宅门柳
不送野兔了，却把将死的崽子抛进篱笆墙
察看小腿肿胀有刺破的血痕
才想起我钻柳丛也曾被“公鸡冠”毒蛇咬伤
好在还有爸爸翻书配制的专治蛇害排毒膏
敷在伤口立见功效，终救小狼一命还阳
我看它还是雌性，嘱妈妈千万不要放归
等我娶上老婆，再接它当成女儿教养
第二天就抱起我未婚先收养的娇女
取农路到田野去浏览青纱帐
黑与绿靠色，走进玉米扬花的垄沟
抬头看绿叶散黑，低头看黑土泛绿
综合的暖色是花序授粉飞洒的阳光
正如我还在分配志愿选择的垄沟里徘徊
我的恩师指点话语在耳畔回响

他说家乡的庄稼不收获工业的谷米
小农的涡旋气流束缚高飞的翅膀
和亲戚、同乡、同学都不宜近处从业
干好，说你是通肯河沙淘出的一块金子
干糟，又说你是场院筛簸出的一粒秕糠
升迁，有事求你不办或办不成就惹怨生恨
栽倒，就撞上幸灾乐祸与落井下石的舌簧
只有吃透《政治经济学》的少数投机者
捞权“德之贼也”结营，谋利穿一条裤子开裆
顿悟真理，回身放下“女儿”就去拍电报
要求按边疆优先政策分配我到辽远的鹤岗
回电令我直接去报到，待人事介绍信寄达
我就擦干老母惜别的泪，背起出发的行囊
此去 47.3° N 度与 130.3° E 交叉的圆圈
从高入云天的井架圆圈观测地球深处的风浪
到达苏联援建的重点工程之一东山竖井
让我搞煤质经济核算，初进梦想的天堂
在鹤岗矿务局转换干部介绍信
碰巧遇上本县政府支工调来的孟宪昌
这人是家乡十里邵家围子一等穷老贫农
进识字班摘掉文盲帽
又选拔入校培养成副省级机关政工科长
他被局本部留任，我到矿基层上岗
两地相距咫尺，层级如别天壤

我连夜秉烛挥笔向恩师报告这一大喜讯
刚出校门毛头小子难得幸遇上级的近老乡
恩师回信嘱我何时何地都要立足群体
按平级待下，按上级尊平，按长辈敬上
上帝把人打发到世界，谁离开谁都能活
最可靠的是自己，不要对别人空抱希望
但“美不美，故乡水；亲不亲，故乡人”
我见面叫宪昌叔，长幼没有情感的藩墙
鹤岗距中苏水界黑龙江不过二百公里
有日本鬼子掠夺资源开凿的井巷
北满炭矿株式会社大楼用血泪浇铸
矿务局挂牌才把魔鬼地狱变成人间天堂
周边万人坑累累白骨还入夜魂磷呐喊
控诉鬼子兽行，警示世人不能把国耻遗忘
领导我的女科长原是东京国民高等校花
爱国归侨为新社会服务也接纳入党
其父原是炭矿株式会社财务专家
后任矿务局总会计师，权重副局长之上
矿总工程师于兴隆也是大地主家庭出身
不仅入党，每年都受到煤炭部先进表彰
这些人历史清楚，“肃反”都没受涉嫌冲击
一心工作，可见当年氛围宽松，和谐安详
于兴隆与驻矿苏联专家合署办公
看我书写流利，文词规范工整

就调我任专家办公室秘书，立令上岗
常带我赴京开会，他进煤炭部会议室
我持笔待命，守候大红门或者六铺炕*
也曾带我经由莫斯科到基洛夫矿井考察
买一箱糖果嘱我回国按名单分送品尝
那时候秘书也有帮、有圈、有线
领导上班，秘书是词典里方块字帮主
领导出门，秘书环顾四周眼球画圈
领导擢升，秘书哪来哪去归零成圆
领导下台，秘书就像高空物坠直线下降
因而听到于兴隆调第八机械工业部消息
我哭了，说："于总，你调走，我就成了
不会算命的瞎子，谁会领我在矿里流浪。"
于总说："恐我得罪的人，走后找你的麻烦
早为你安排好了，调局里也不给你改行。"
同一天两个人参加东山竖井干部欢送会
他上火车，我去鹤岗矿务局调查研究室
秘非秘，员不员，专做御用文章

*原煤炭部招待所。

# 爱上层楼

仿佛文字连接在线拧成一根绳
不知哪一笔横拐直勾
把一个长到 1.78 米身高、70 公斤重的男人
吊进主管八大矿的机关楼层
恩师贺信只装辛稼轩词牌《丑奴儿》：
　　少年不识愁滋味，爱上层楼。
　　爱上层楼，为赋新词强说愁。
　　而今识尽愁滋味，欲说还休。
　　欲说还休，却道天凉好个秋。
似乎也让我用这四十四个字捻线绷紧神经
怎么不爱呢？楼高才近于瞻星览月
果然一天傍晚凭窗看到童话里的天景
西壁星海突然飞出一只大鸟
像孔雀收屏高飞拖着长长的尾翎
这是幼时爷爷抱着我观天叹气
说灾年预兆，才春晚出现的扫帚星
家乡的三月，点葫芦开始伴奏
种子跳舞，布谷鸟唱歌助兴
而鹤岗矿务局会议室却提前入暑

似乎都没听到远处阴云聚集隐隐雷鸣
还是喷吐一缕一缕香烟的雾气
缭绕头上暂时还算晴朗的一小片天空
机关干部会议主持人呼唤种子发芽
不时离座到一排排长凳的垅沟察看墒情
“大家发言，交心呀；不发言就是不交心”
要挟味与烟草味熏得白开水难辨浊清
我在校课余就学过速记符号
让我担任记录，嘴巴才无暇开封
等到统计师、设计师、工程师们吐露禾苗
赶快用墨水浇灌，处长嫌苗稀，继续催生
再等到医师、专家、教授的芽尖出土
到高粱拔节时，却又来一次重新补种
畅所欲言，不说还是“身在曹营，心在汉”
种苗挤出牙缝嘴角也一派欣欣向荣
忽然一声霹雳，雷雨冰雹齐下
断章取义、阉割、歪曲原话都是秘密拟定
掐头去尾、抽芯除叶、取断茎高喊“毒草”
揪到楼下“斗争说理”，拉出楼外“说理斗争”
一个爱好文学的经济师叫石高盛
妻是矿区医院先进模范护士马德荣
政工处长患病急诊休克窒息
马德荣嘴对嘴呼吸抢救才使他苏醒
石高盛搜集“主义”种子准备栽培一株相声

对正面向日葵开花，当然投映负面阴影
本来是立意善良，格调健康
却硬把反什么主义的帽子扣在他头顶
他到职工食堂给下夜班的老婆打饭
端着饭菜出门就卷进一股旋风
马德荣抢救的处长带领一帮人拦住去路
你推“说理”，他搡“斗争”，撞洒了饭菜
还说他故意糟蹋粮食，对抗运动
折腾到后期，专门设立处理办公室
上边要求戴帽的档案填写必须字迹工整
找不到写字“和尚”，只好用“秃子”顶替
我这支倒霉的笔，又暂时得宠
处长双眉拧成一撇一捺
说用我的笔作弯勾锄，把一棵棵“毒草”铲平
“你写每一个字都要保密，包括办公地址
都不得对亲友和社会任何人露一丝口风”
套间秘室两张办公桌拼成两块方圃
对面苦瓜的须蔓总是爬进我的田垄
盯着我对他传来的“言论”一笔一画抄写
移植一棵“毒草”，他再把新苗传送
传到石高盛的“主义”，笔像羽毛飘忽不落
我认为搞文学创作搜集相声素材
不能颠倒成反什么主义言行
苦瓜的长蔓立刻爬进处长的耳朵

他也像发生强烈地震闻风而动
训斥我对石高盛同情，是对敌立场不坚定
没读懂他反复强调“对你没好处”的内涵
该不是预示恩师说“察渊鱼者”的吉凶
果然办公室撤销，对每个干部档案插秧
倒数两种戴帽，定我是免冠末三种
果然机关贴出干部下放劳动锻练名单
我的小名上有五、下有四、位居偏中
我很高兴投入“又红又专”的大熔炉
用知识和实践把翅膀练硬
零下四十度老北风挟着雪片敲打窗口
提醒我不要忘记给算命瞎子领路的行程
惦记老母和老母救活的通肯河狼
但还必须卷起老母缝制的狗皮褥子
接受机关大楼前敲锣打鼓的欢送
上车才细看胸前大红花，比血还红

# 伏尔基河畔

伏尔基河还裹着积雪的羽绒被
下放干部就开始惊扰它沉睡的梦
抡起大镐演奏一曲开渠交响乐
冻土冰层发出咚咚锵锵的回声
镐尖豁劲劈下去，又弹起来
只给大地留下一个吻热的酒坑
我左手无名指根震出一块突骨
不用摸，看镐把一眼就疼
到医院急诊复原包扎挂上绷带
惭愧我初上阵就成了挂彩的伤兵
绷带摘掉，又发给一把大扇刀
抡起一弯新月，砍落雪原里的星星
打草不过两周，开来十辆军车
下放伏尔基河几百名军官拉开阵容
小到少尉，大到大校少将
都摘去衔章，肩头空留两个小圆孔
分配到二分场的最高军衔中校
宋玉昇的名字亲切而又陌生
他听说我们是鹤岗市下放干部

“来来来，咱们也是漏网右派
同命相怜，都编到一个队里劳动”
说完冷冷瞥了领导我们的队长一眼
队长来个稍息、立正：“行，行，行。”
依旧“大刀向鬼子们的头上砍去”
每天列队向河边草场发起进攻
总政文工团下放的几个器乐演员
用黑管射击，端着小提琴冲锋
割几刀，捆几捆，就吹打弹拉
河边演奏会，飞鸟行云都是听众
队长催干活，他们两手一摊
“你看这手，参军就把琴弦拨弄
让我们挥刀打草，指头磨粗磨僵
弹琴还没有弹刀把、敲木板好听”
刚满一个月，又十辆军车开出厂部
还是那几百名军官拥进绿色车棚
到国防部转一圈，回到总部营地
才按军衔对号入座，逐级重新任命
宋平昇任总厂副厂长，到分场视察
让我们鹤岗下放干部都进管理层
分别安排业校教师、计工员、统计员
我这支笔，却被拿到厂部办报使用
《解放军报》下放编辑当总厂宣传部长
创办《伏尔基河》小报油印发行
让我既刻蜡版，又当采编记者

改铅字排印就与《农垦报》记者站联营
这批军官永远没有什么下放转业
在任何战场都保持严正无邪的军容
他们的灵魂都经过血与火的洗礼
敢用上帝的微笑，击毁魔鬼的狰狞
甚至用自己的头颅与死神打过擦边球
所以才理解生活、热爱生活、创造生活
生活就是要请客吃饭，首先要对人
通情、关心、爱护像客人一样尊重
尔后是吃饭，在工作起跑线端起不同的碗
都如两小无猜、无疑无忌、无害无争
伏尔基河农场特有的天堂氛围
和谐、宽厚、宽容、宽怀、宽松
让我留恋不离，厂部却无权调入
缺少文字干部的原单位也不会放行
我知道打上“偏右”与“下放”的重叠烙印
恐此生坎坷在后，到哪里也仕途难通
莫如利用语文功能扬长避短
刻意从文学小道另辟蹊径
大量阅读中外文史文理经典名著
博闻强记，也时而试学笔耕
索性写两首民歌送市文联刊物发表

—

社员担菜进城来　一篮翠绿一篮红

青山着意开眼望　人民公社好风景

二

天上星星真会落　一落落到哥头顶
不是妹妹盯得紧　哥还以为是矿灯

我的启蒙老师中流，来信说读后非常高兴
指导我捕捉生活气息，渲染形象、创造意境
精思巧思警言妙笔，坚持数年必有大成
继后才发表新诗处女作

## 加　班

国庆放假加班看电话
这活计，真够我招架
一会儿嘀嘀，一会儿嗒嗒
忙得我放下拿起，拿起放下

一个创先记录还没记完
又一个井口把新的一年跨
笔尖抽出扯不断的线
超产的数字不断增加

这里要求对女工程师表扬
那里要求把机厂姑娘夸

连题目也给你拟好
“煤海盛开腊梅花”

听吧！话筒传出的乐曲
锹镐铿锵，煤流哗哗
炮声敲着战斗的鼓点
风镐和电钻喊着冲杀

井下多少长街短巷
就像九江十八岔
哪一条都响着时代的足音
可不知道领导他在哪儿

也许他正在采区车场
沉着指挥快装多拉
也许他正带领矿工夺黑宝
汗珠子伴着乌金闪银花

正猜着，领导井下来电话
让我把超产消息向祖国传达
电波张开金色的翅膀
载着捷报飞上飞下……

好景不长，又是漫天风雪，提醒我
下放期满，果然收到限期速归的调令

# 走进海市蜃楼

一纸调令打破《农垦报》小记者的饭碗
这支笔又变成给盲人领路的竹竿
把我这个睁眼瞎领进的星体
是“一天等于二十年”望远镜观测发现
远看像氤氲缭绕的海市蜃楼
近看糖厂高举大扫帚横扫蓝色天花板
废弃的高炉群还在厮守凝固的烟云
大食堂、大会堂与U形连脊办公室
像西出阳关古道驿站车马大店
两边门柱高挂星球的命名
一边是鹤岗市卫星城建设筹备处
一边是人民公社新华经济区管委会
两个牌子，一套班子，县级建制列编
主任、处长、区长三个官名混称
叫响了最好用聋哑手语变通呼喊
老积极分子担任的组织部长
肯定早就看过我有“偏右”烙印的档案
为什么还分配我到调查研究室工作
只恨逃不脱方块字横拐竖勾的纠缠

上班得闲闷坐八小时也累得很
星球缺氧，氛围压抑，呼吸困难
机关每周都开积极分子汇报会
对每个人的思想言行动态分析研判
我察觉咳一声、迈一步都似乎录音摄像
果然发现日记本有人开匣偷翻
恩师来信告诫：“一日三省吾身”
时刻要绷紧警惕告密、暗算的弦
说“四极一小者”五种人最不可交
对权极谋、名极取、利极欲、色极好
无良心小人和集所有坏品德大成者
最好是敬而远之远而敬之敬之而远
“盘龙卧虎高山顶，掀起生产大运动”
上边是谁把这首陕北民歌后半句变通
发明的会议，折腾星球不停的旋转
开罢“工业生产运动会”，又开“农业牧业”
“第一次”闭幕再开“二次三次”循环
吹平播密植下种四百斤，秋收一地草
吃得万头猪场报数脱俗弄雅出笑谈
男猪不怕吃，都爬上大食堂餐桌
女猪怕吃，闭嘴自杀一半，张嘴饿死一半
我生吞活剥硬吃方块字也食物中毒
脑袋里总像灌进沉重的铅
被灯光连续掩埋七十二小时

直到大会启幕领导敲门才挖掘生还
讲稿只写多半，应急表演关关雎鸠双簧戏
领导台前慢慢念稿，我幕后飞笔递传
双簧戏受到表扬，散会该补寝追眠
乌朦胧犹见有人进会堂，疑其行窃
我随入把每排长凳和台前幕后搜遍
不见人影，顿时毫发倒立，毛骨悚然
第二天咳血，住院二十七日，血停了
出院诊断书还没查清病源
医嘱继续休息疗养，又大难临头
一把手就说我是居功装病不上班
成为“反右倾机会主义”抓的典型
列“偏右”“右倾”“装病”“少爷作风”
四大罪状，小会检查，大会批判
批到机关精简，第二次下放农村插队
每天捡甜菜叶掺玉米芯熬粥也是好饭
刚结婚一年的爱妻带孕也离婚出逃
只有戴帽的中学教师惠友全与我为伴
为了活命，劝我和他一起过江投苏
我哭了，说怎么也离不开祖国
失踪等于不孝的儿子逼老母归天
惠友全走了，我怕涉嫌包庇也逃了
先潜回马家围子向老母请罪
喜在麸糠瓜菜粮豆兼食尚可聊度荒年

问到通肯河狼，老母说：“朗朗特恋家
饿了给啥吃啥，还跑到田里捕鼠野餐。”
嘱我快去找爸爸的两个族系兄弟救命
我才星夜兼程赶到哈尔滨叔侄相见
六叔白永合，抗美援朝归国后
任哈尔滨军分区司令部后勤部主任
听侄泣诉苦遭批斗下放一席谈
气得掏出手枪一拍，“嘭”的震响办公桌
“毙了这个杂种！反右倾还扩大打击面
你先到王岗后勤农场当军工采购员
吃饱肚子，活下来，再找鼠辈把账算”
八叔白永庆，任黑龙江省物资厅秘书处长
说：“文字是民族魂脉，老祖宗给的使用权
写字要有气韵，作文要有筋骨，文字工作者
更要有坚持真理申张正义的血性和肝胆”
也嘱我暂到后勤农场避灾，待机再战

# 狼性可驯

我用墨水粘贴铅印纸和手写稿
装潢已知星球的海市蜃楼
站在楼顶看风景，别人背后看我
猝不及防，一脚踢我直线跌落
多亏叔叔伸出臂膀轻轻一招
来个浴火重生术，救我再回的伏尔基河
是哈尔滨军分区司令部发源的清流
流经王岗双鱼乡汇聚的绿色湖泊
也像河狼舔着伤口，唱无言的歌
口粮从每月 3×3 改为 3×9
玉米面掺麸皮窝头，有时也打饱嗝
不在军籍的随军职工身份
并不比海市蜃楼里的爬虫逊色
不仅又当黑板小报编辑
还是当农副产品售货点“菜”访记者
办公桌木腿换上两个轮胎
由两匹相加八条腿龙驹拉着
想吸烟，面朝辕马环卫屁兜一坐
等会就给你“咕嘟”掏出一包

吸一口就过瘾，甚至嫌抽得多
门市往来装车验货结算付款
总该有人看管油盐酱菜粮秣
我想起老母救活的通肯河狼
就给场里运来野生家养的私货
朗朗嗅出“血浓于水”气味
见叔叔就头伏地叩磕
喜得叔叔决定再办军犬饲养场
相信朗朗完全具备母亲资格
我却要对朗朗先行家训
让它能辨别好人坏人的美丑善恶
先按恩师说的“四极一小者”六种人
比照《麻衣神相》图谱解说
扎靶挂像做成“权极谋、名极取、利极欲、
色极好和无良心小人”模特
回沟起楞的鬼头贼脸披张画皮
就是“四极一小”品德之集成者
手提小块鸡肉大肉做驯饵
每天教朗朗分别识辨
用尾巴和呲牙次数表达结果
狗尾习惯卷跷炫耀旗帜
狼尾总像扫帚横向起落
驯得朗朗能读准五十个阿拉伯数字
对“极”“小”“者”辨认也基本不错

叔叔又托转业到监所的战友
找来权欲栽倒、贪钱锒铛、好色成刑
小人作恶、集成施害的犯人气味样品
让朗朗复习“四极一小者”分辨课
忽听大喇叭响起中央关于反右倾
扩大化甄别平反的新闻广播
我给邓颖超、胡耀邦写信鸣冤
不过一个月就听到批示和查处结果
鹤岗市卫星城暨新华经济区撤销
海市蜃楼早已一风吹没
省纪委责令鹤岗务必找到本人
又派政工处长到马家围子踅寻
我二姐带处长找到后勤农场
朗朗也随我出迎两个贵客
对我二姐伏地膜拜叩头
冷不防却悄悄把处长屁股咬破
我回去先拜见市委秘书长史序
他长叹一声，似乎有多少话想说
拉出十六开信纸，只写六个字：
“立即收回上班”，“史”字画圈名不落
后去监察局，给我看了甄别平反文件
恢复原职原薪，补发被扣二年工资
攒钱了，上班就莫愁找不上老婆

# 旋转的三角

得通知，又去矿务局干部处报到
处长刘宝江接待出乎意料地热情
他给我看了另一份红头文件
是对害我的两个人的分别处理决定
前者多吃多占、打击报复、陷害干部
撤职哪来哪去，退回原籍汤原县劳动
后者泄密档案、弄虚作假、徇私舞弊
取消干部身份，变工人分配下井
说大小人物都要反馈结果
对两个干部处理才不能从轻
干部处长说他的椅子也坐不了多久
有人挖历史问题豁劲暗拱
认为我交两年受害的学费值得
既唤醒领导睁开重新认识人的眼睛
又在全局上下和社会
赢得了群众舆论普遍的同情
局里决定保送我带薪到鸡西矿业学院
文秘班进修，还是笔杆子课程
我拿上院方预先发来的入学通知书

出门就一头撞响上层楼的天空
原来是一半晴，一半阴
太阳也一半黑，一半红
人见了我一半阴阳脸，搭话用鼻哼
一半似笑非笑，眼皮如线绷
而今见了我都拆线，笑出两道缝
太阳站在楼顶欢迎，春风跑到楼下欢送
送我去矿院进修一年结业
在校就编入煤炭部社教工作团
进驻鹤岗，被运动的也搞运动
我在信访处，上班接待，下班笔耕
别人睡醒一觉，我还添油拨灯
家庭成分不好的，社会关系复杂的
开会学习不爱发言，工作“只专不红”的
爱给领导提意见，遭受打击报复的
不给领导提意见，领导疑其怀恨的
女的长得太好的，惹领导睡不好的
男的体貌有缺陷，妨碍领导使用的
种种借一种概念或一种文件变通理由
被强迫迁赶，都携家带眷插队劳动
有的落户结伙告状，严重影响社会安宁
有的插队一病不起，反而叫矿区出诊
有的井下工作多年，下乡发现患职业病
有的下乡家破人散，夫妻离异各奔西东

有的下乡一天不待，盲流倒流各地打工
我区别不同情况与党的政策对号入座
给中央总团打报告，四百多户获准回城
市里和矿务局联席提出抗议
指责总团不维护精简成果是干涉内政
总团下令不再接待受理返城申诉
对信访处领导和我也未加批评
但我每件言简意赅估算四百多万方块字
从良心输出，穿过城乡，跨越时空
在大约一千二百名主人公的梦中跳动
恐这辈子创作再也没有如此巨大成功
既然有访必推，正好读书练笔
报纸常发小杂文、小品文、小故事
市刊每期都发我的民歌、新诗、作品剪评
被推举省内特有发展潜力青年作者
处女作和优秀诗歌堪赋“桂冠诗人”誉称
文联主席吴波是我处世做人的样板
著名诗人中流给我人品诗品的教诲启蒙
推荐介绍我加入黑龙江省作家协会
一册会员档案与人事档案一袋同封
带上会员关系转移介绍信奔赴三线
助我调往西部转向新的人生旅程
行前参加成建制集训才发现
历次运动积极分子们也混入其中

不走也晚了，只好提前去哈尔滨等车
临行留下两首诗，蘸着惜别的泪水写成

**告别仙鹤起飞的山岗**

说你是黑天鹅项链的明珠
不单纯是版图展开的想象
其实你积蓄日月星斗的旋转
又在旋转中反馈积蓄的能量
其实你曾在历史的风暴中失落
黑天鹅也几度折断翅膀

你曾失落沙皇跑毛子铁蹄下
又在日本鬼子刀光剑影里
忍受十四年掠夺的创伤
万人坑里每一根白骨
还在稀释凝固的血和泪
书写控诉侵略者罪行的诉状

其实血与火的炼狱不都是神话
而你却是神话炼就的朱顶仙鹤
展翅飞落你自己的绿色山岗
五星红旗点染丹顶更红
身躯积蓄日月星斗的旋转

翅膀运载强国梦的能量

我十六岁就接受你褓褓的抚育
你用风云磨砺粗糙的手掌
把我举上最高的井筒观测
煤层和拉煤车轮迹都是黑色
而你没有黑夜，也没有季节
井下的冬日，却有井上的春光

你给过我乳汁，也给过我苦水
又用苦水为我提炼蜜糖
你给过我欢笑，也给过我眼泪
又用眼泪为我酿造酒浆
都是母亲为我披上丰美的羽毛
振起练硬的翅膀坚毅地飞翔

我要去的地方离北京遥远
距仙鹤起飞的山岗路途更长
听西行列车已响起汽笛
再见吧！朋友、学友和同乡
友谊和爱的话语，我最渴望
常常来信吧！寄到我新的地方

## 致文联主席吴波

告别的字眼
肯定超过我们的体重
我不敢轻易吐口
你大概也不愿听

正如我爱听你
称我比你小十岁的小弟
而不允许我
称你比我高十级的官名

你是正牌沈阳俄专
首届毕业高材生
该进外交部
阴差阳错来到煤城

我奇怪，不知你大脑
两半球是怎样分工
一个学外语的
却对文学艺术无所不通

正如某些官员
不读《论语》《诗经》
你教我读破万卷书

只有一卷没把你读懂

作品批评，心悦诚服
文学讲课，引人入胜
促膝谈心与作者交友
漫步相约指导笔耕

别人的绘画，有你的色彩
别人的戏剧，有你的形影
别人的小说，有你的心结
别人的诗歌，有你的深情

直到我的新诗几次获奖
每一首都应该有你的署名
这时我才读懂你
你把权位名利都看得很轻

到军分区见叔叔白永合也非常高兴
他找上一匹最聪明的军犬交配
让朗朗生一窝小崽更活蹦乱跳聪明
叔叔允许我再挑选一崽与朗母为伴
待鹤岗支援三线建设专列到站
叔叔也带上朗朗母子专车送行
我随带两个不会说话的保镖走进车厢
再见！我的故乡；再见！东方名城

# 初到新区

行程四十八小时中间拐一个胳膊肘弯
肘尖北京至东西两线长度几乎相等
起点从李白铺开的“燕山雪花大如席”
经过肘尖香山枫叶初露红
到终点风卷乱云，酒唐将李益的诗花
大风过去，留下一张染黄的宣纸
就“回乐峰前沙似雪，受降城外月如霜”了
贺兰山只把峭壁巉岩背在自己的肩上
竖起高高屏障也挡不住腾格里大漠
让风把黄沙泼上蓝玻璃向下流动
美国有龙卷风，这里有旱魃也叫鬼卷风
晴天丽日平地卷起沙尘旋转的舞蹈
是干旱风景却不能对煤海大煞风景
一艘巨轮在贺兰山中船形盆地出港
煤炭部设立的总公司扬帆起程
鹤岗调来的二千八百人分配到各矿
我被安排到煤炭部第八建设公司计划处
业务量大，也比当方块字搬运工轻松
干部部从我的档案掏出一包画饼

让我还沿着羊肠小道向区文联报送
首府文化街文化大院有文化而名文化
直径通幽三面门挨门平房只有入口通风
不看文联、文化局、文史馆、广电门牌
会联想到可能是新挖掘修复的古城
秘书长兼刊物主编名叫李颖
收介绍信看档案对我特别热情
说他也来自哈尔滨电影制片厂
老乡情义给画饼加一层肉松
区文联常务副主席姚以壮接见
说他夫人也是黑龙江出生
两个半老乡招待我一席知遇的盛宴
说办刊议创作，行话坦率所见略同
主席和秘书长都说办刊要用大省作者
嘱我先回三线岗位，待机通知调动
虽说这知遇的画饼暂时吊在半空
但事成恩大，不成情重，都该感怀一生
与我编过的《伏尔基河》农垦报相比
省级文学刊物当然如平地起峦峰
可是我置身大产业公司并不低于文艺
混不上什么长，也不能总当普通一兵
还沿羊肠小道回到基地
果然赶上人事重新调整
总公司设立基地建设指挥部

副总高亚才兼总指挥独立组班办公
基地规划与计划一体不分
点名调我担负这项使命
搞计划必须熟悉建材预算单价
而我初来新区对价格还有熟悉过程
区上派来的工作团忽然让高亚才“上楼”
让我限期交卷的工作无法进行
迫使我不得不找总经理康志杰汇报
秘书说康志杰开会不准打扰视听
我抬手推开秘书就走进会场
总经理见来人有急事，讲话暂停
他听完汇报，久久注视我的卷发：
“你好大的胆子，我开会也敢打扰
还告工作团的状，你真敢碰硬！”
在座的看总经理发脾气，差点笑出声
党委书记高节也笑呵呵看我
依旧站在门口面不改色神情镇定
康志杰转向与会者：“你们都看一看
这是老矿区来的干部，这么年轻
为了工作，他就有这个勇气，这么从容。”
接着把笔记本一摔，对工作团副团长大喝：
“孙昶！你还让我老康干不？我抽的干部
不都向你们工作团请过假吗？
为什么还抓我的干部上楼斗争？”

孙昶几乎浑身打战，马上去摸电话机
把勒令高亚才上楼的分团团长大骂一通
中午都到机关食堂排队打饭就餐
高节特意坐上我身边的小凳
一边从他的碟里给我夹菜
一边说：“小伙子，你跟着我好好干吧
我老高不亏待人，会保你的前程。”
高亚才被放回基地建设指挥部
听说我敢冲进会场为他告状十分感动
又带领一班人马扬帆起航
我心里也亮出一盏盏航标灯

# 我要结婚

携家带眷的住进一排排临建家属宿舍
靠山的单人间分配给光棍和尚
我住的不是土坡挖出的延安式窑洞
而是红砖拱顶、石块砌垒的屋墙
贺兰山盛产青石、灰岩、花岗岩
黄土拌水也坚如水泥沙浆
自己动手建起石墙小院
也给我带来的通肯河狼母子挖个窑洞房
门前栽一棵旱地生长的沙枣树
每天下班像摇着花束迎接我的新娘
新区的羊肉每斤价格等于老区三斤土豆
供应剩骨残肌还有小馆和大食堂
我的大朗小朗每天食物丰盛
都长得溜光水滑滚瓜肥胖
但我带她俩到沟底沙河边遛弯
见双双情侣也倍觉孤寂与心慌
有时躺在床上望窗外月明星辉
听夜风沙沙似乎情人叩门敲窗
搞计划也到新区南部各矿出差

大朗小朗还要托付邻居照料喂养
一次出差住进行署招待所
见服务员一个比一个长得年轻漂亮
有的闲聊听说我还是一个光棍汉子
摸着她胸襟纽扣笑脸红潮激荡
我知道这种暗示假如去牵手征服
她肯定乖乖地什么也会投降
但东北姑娘也有的摸着纽扣挑逗
你敢上手她就会给你一个耳光
有的你说夜间写作，让她准备开水
她就把钥匙丢到你的卧床
说她今夜值班，叫你到她屋里解渴
天呀！怕碰上定时弹在你一生中炸响
莫如就地取材，何必舍近求远
同来新区的也有几个未婚姑娘
出差回来，就开始我神圣的寻觅
机会终于来了，出乎我的预想
一个从鹤岗矿务局招待所调来的美女
到新区分配食堂保管员忧心安防
对工作不满意，思亲念家愁绪满怀
托人找我调整岗位，当然乐意帮忙
向高亚才说明理由，他会意地笑了
一个电话就让这个姑娘调图书室上岗
姑娘听说帮忙小子也未婚，就盯上我

动辄到办公室，坐着看我还一声不响
我有时也佯装借书到图书馆看她
终于以婚相约月下到野外叠双
她爱听歌，我就望着群楼似的峰峦
给她唱一曲《莫斯科郊外的晚上》
听山风如弦管吹奏，再把印度《两亩地》
“田野到处狂风呼号，快快播下爱情种子
光阴飞快的消逝，一切都不再来”的歌唱
接上“月亮啊！从天边看一看我，我向你
说出了心里的话，我向你交出胸中的心”
“到处流浪，我没约会也没有人等我前往”
印度爱情片《流浪者》两支插曲唱得她
回房就想出来，出来就不想回房
唱到我俩到政府登记，举办婚礼
才赢来一帮小子们热烈鼓掌
婚房是靠山的一间单身宿舍
四个木凳支起一张双人床
家庭成员有未婚先孕“双胞胎”
下火车就分娩的通肯河狼
…………

# 震动筛诗

小小的半导体收音机没受一点委屈
总蒙头吮吸我耳朵流出的乳汁
这回才把它拖出热乎乎被窝
听它十年学舌才敢唱的第一支心曲
中央台选播我在驾驶楼写的《喜歌》
老婆孩子都围着它听得如醉如痴
高亚才派秘书张朝寅登门探望
对我这个农工写诗很快见报感到惊奇
他曾两次盖章反馈“作者查询单”
省报早已收存我现实表现备案信息
仅发表我的《信》（收入“震动筛诗”）和
《攀登》（收入自治区成立二十周年诗集）二首
只为试笔也被登载副刊头条位置
戒用“朝霞满天”“山花烂漫”“红旗招展”
“小靳庄绝句”千首一腔豪言壮语
编辑感到新颖　读者也感到亲切
别人来不及转弯　我真情抒之一泻流溢
其实文学这条小道本来就很窄很窄
还窄得“专业”与“业余”双轨运行交叉拥挤

姓“业”的　完成本职工作再点灯熬油
作品发表的公开就招来责难和非议
轻则说你尽出风头　不务正业
重则给你岗位下降　甚至饭碗危机
姓“专”的　名家和一般也靠编辑发稿
姓“业”的　工农兵优先都拜编辑为师
天赋和聪明智慧决定作品的成败
老师和学生有时也蜕变名利竞争关系
有道德良心的　对老“业”一律平等帮教
没良心道德的　就有选择压制与排斥
甚至手握“一将成名万骨枯”的刀斧
成为扼守刊物园地“一夫当关”的武士
1972 年省文联恢复办公　文艺复刊
我还在吉林煤田《勘探报》当编辑
并非有心恢复尚属老“业”的文学创作
只将十八岁发表的《加班》改题《看电话》
寄本省文学期刊两个多月不见退稿
后见被改头换面剽窃抄袭
收稿编辑署名在国家级大刊发表
只换一个《来自井下的消息》标题
初看，将立意、开头与结尾逐行对照
甚至想愤怒地向其领导揭发举报
再看，人家添加的词语正是我的不足
换的题目也比我的原题更有诗意

他肯定了原作已达到省级以上水平线
就说明我老“业”能够成为诗人没有异议
这种抄袭剽窃还是帮助指教
从中得到教益和启发　犹堪为吾师
张朝寅问我还准备什么新的选题
我打开朗朗练功房门向他交底
看“权极谋　名极取　利极欲　色极好”
不可交人靶驯通肯河狼辨识
谋权　踩着别人肩膀、血和泪往上爬
争名　割别人右脸为自己左脸整容植皮
夺利　亲情友情和良心都可以出卖
好色　人之食　胃口麻痹　无饱无饥
谋、争、夺、好都需要花色斑烂包装
万不可“察渊鱼”好奇地去识破天机
即使他赤膊上阵或到极处跳裸体舞
找件衣裳劝他遮羞反而视你为敌
我敢说十年是一个庞大的历史震动筛
用每道轮迹和每个脚印编织
把时间和人包括我自己粉碎
放进筛网里颠过来　筛过去
到十年结束　筛剩下的都是眼睛
和眼睛与眼睛对视看得见的思绪
看到我自己不该得到的　都拉开距离
而距离的空间　正有我找到的自己

所以才敢说一年三百六十五个日出日落
度过十年三千六百五十天凄风苦雨
我没说过一句谎话　出卖一个朋友
我没造过一句谣言　陷害一个同志
所以我不哭　因为十年才真正长大
使我人格完整　精神富有　心理充实
所以我敢说结束了十年动乱
不论是否该来一次铲奸除霸大清理
只要不许恶人得志　坏人当道
好人就必能活得扬眉吐气
我失去的就是自我补偿的十年老本
这辈子吃不完　下一代也肯定受益

## 附藏诗稿（1966—1976）

### “同志”随想

我们总是习惯地称呼“同志”，
它比一切尊称都亲切而又崇高；
当年，这称呼是嘹亮的号音。
召集千军万马奔向抗日前哨。

叫一声“同志”，可以躲过鬼子追捕，
唤一声“战友”，冲杀在同一条战壕；

活着，为了死去的瞑目安息，
死去，为了活着的更加美好。

断粮，饥吞苦菜谁曾叫苦，
为把剩下的一把小米留给病号；
缺水，听一听“望梅止渴”的故事，
让仅有的半壶为伤员煮汤煎药。

当星月转移跋涉白山黑水的时候，
谁想过自家的小楼庭院，名酒佳肴；
当两军阵前拼搏厮杀的时候，
谁想过什么地位高低，待遇厚薄。

正因“同志”的字眼是从苦难里诞生，
它才融入同命运者每个情感的细胞；
正因“同志”的称呼经过战火洗礼，
它才成为团结友爱坚韧的链条。

也许你曾在另一个战场大显身手
用语言的“子弹”，笔杆的“枪炮”；
但愿莫再沉醉那如入无人之境骁勇，
千万不要给下一代传授整人的绝招。

是同志，就没有奸商的尔虞我诈，

是同志，就容不得骗子的两面三刀；
更不能踩着同志肩膀做爬高游戏，
谋人不谋事，乘机上树摘桃。

最怕口是心非，敌友难辨，
冷枪暗箭藏在“同志”称呼里的假笑。
君不见“同志”称呼把嘴唇磨薄，
背地猛地一脚就把你掀倒。

同志，这纯洁而亲切的字眼，
同志，这真挚而高尚的称号；
凭着它，不必分民族和肤色，
到处可以填平爱情和友谊的沟壕。

假如我的笔刺痛哪一位心灵，
请原谅，我可不是有意把谁解剖；
不要把嘴唇卷成怪脸看我，
同志！为明天我还想和你拥抱。

原载于《朔方》1984年4月号

## “友谊”杂感

真朋友的一拳——触你猛醒，

假朋友的笑脸——使人受骗；
如果当面亲吻，背后诬陷，
我宁要那一拳，不要这笑脸。

没有歌声与花朵就是寂寞，
没有爱情和友谊就是孤单。
友谊之花植根心灵真挚的土壤，
靠忠诚和信任浇灌才无比鲜艳。

邪恶的义气只能培植毒菌，
使“友谊”变得像疮痈恶味四溅；
君不见今日把盏猜拳，称兄道弟，
明日一脚飞来又平地掀翻。

友谊不是一件破旧的棉服，
冷了披在身上，热了甩在一边；
即使飞雪的严冬已经过去，
难道就再不会有冷风吹到身边？

当朋友架起希望的桥梁，
使你举步跨向理想的彼岸；
劝君切莫过河拆桥不思来路，
难道前面再遇不到激流险滩？

真正的朋友，一万个也是享受，
虚假的朋友，一个也是负担；
曾经有过可以出卖良心的市场，
“友谊”不过是装潢或者标签。

一份“旁证”，送你进牛棚，
两封“黑信”，送你坐牢监，
三份“材料”，让你倾家荡产，
四次“告密”，让你命归西天。

你跌倒，他踩你；你落井，他下石；
你站起，他便热情地向你问安；
你前进，他又会挤进你朋友的行列，
在你和真朋挚友间制造隔阂的深渊。

不爱屋及乌，也不能恶屋拆屋，
赶走乌鸦，房子依旧遮雨避寒，
只有不断打扫庭厨，擦亮明镜，
“犹大”们的假面才骗不过双眼。

不要友谊——老死不相往来，
不要人情——难道去做杀人犯？
如果鼓吹人人相害，个个为仇，
整个世界不就成了大动物园？

民主与法制必将铲除离乱祸根，
同情和支援促进现代化加速向前。
让真正的友谊像缤纷的花雨，
装点祖国新时期明媚的春天。

原载于《朔方》1982年4月号

## 十年幽默

整人往后缩
怕整先溜边
哪苦哪里去
哪累往哪钻
下班避大路
小道人迹罕
上班工作服
新装甩一边
翻箱又倒柜
找件旧衣穿
毛袖毛边领
裸露瘦肘尖
新发麦草帽
故用泥污沾

掉边更显旧
开缝线不连
只恨青春发
生就自来卷
支露几缕丝
其余足遮掩
逢人帽沿低
不蔫也装蔫
人见我不疑
免遭革命冤

## 夹　缝

西部高原公路路基很高
挤得天空低矮而深沉
我在天和地中间行走
来看这花岗岩护坡墙
这可是精气神光热力总成
而非对着麦克风吹出的烟云

忽然觉得自己正在对镜审容
羞于曾被公认的“花岗岩脑袋”
超长的怪脸，一半卷进鬓发
剩下一半，也正如花岗岩墙面

长短不齐粗细不匀深浅不等的
线条，织满不规则的皱纹

弯下枯瘦的脊背观察
提起一颗秤砣一样的心
我的脊背称过屈辱和苦难的重量
也称过成功的喜悦，失误的悔恨
却没称过几行花岗岩一样的诗
以其多彩内涵深沉凝重感悟于人

因而持青天白日放大镜
在善与恶、清与浊、醒与醉之间追寻
走进两壁花岗岩之间的路段
觅得我自己的一道夹缝
以全新感觉品悟
找回初识人间烟火味的童真

## 爱与憎

冬日里长夜的酷寒
使爱凝成坚固的冰
只有贴在心上融化
在血的燃烧中沸腾

播种罪恶收获柴薪
让憎燃烧得更加炽盛
火在水中会发出回响
爱与憎能溅出星星

## 预　感

最后一抹残血燃烧和最后一线白光熄灭
大地就关进铁打的黑暗
雷声和闪电在远处徘徊隐隐幽幽起落
反不如风的唏嘘推来几重铅云抖落的雪景可观

寒夜的漆黑炼出白炽之热了
云层噼噼剥剥爆出如银之火花飞溅
树挂凝结星星透明的血晶莹的泪
以其晶莹剔透在枝头显示春情骚动的预感

## 重　飞

从鸟的眼睛里
听到夕阳跌落山巅的响声
在它啾啾的啼叫声里
一抹残照溅出血色之梦

它屏息歌喉　凝视一片叶一片云
叶子展示飞翔的姿势
期待枝头的风
鸟就张开云的翅膀飞去

## 站　立

无辜掀倒
一头撞响黑暗
站起来
青发丝丝
梳理光明
让风去讲述
旧痛

## 报　晓

病树凋梢叶儿稀
贼人胆虚恶鸡啼
讨厌雄鸡报晓的
不都是小偷和
贪睡的人

## 挤　压

医学院学生做胸部
挤压训练
让窒息患者恢复呼吸
如果你的品德才智
对他构成威胁
他就甘当“教师”
拉一帮“学生”
对你进行挤压
让呼吸的“患者”
恢复窒息

## 承　包

这家伙比奸商
脑袋更活
曾抓“革命”案
独揽“冤假错”
公愤与民怨
良心难解脱
摇身又一变
竞争取上策

承包新项目

言必称道德

## 错 位

错位也滑稽可笑

把“美”当成丑去贬谪

把“丑”当成美去鼓噪

谁敢把这两个字

颠倒过来

谁就是大逆不道

## 包 馅

我从包饺子

联想到某种人的

闲谈

嘴皮和面皮

一样细软

提起谁

都先说几个小好

接着“就是、有点”

冷不防塞进一捏

酸馅

## 借　嘴

如果你的嘴
借给魔鬼
已经被吃掉了
在魔鬼肚子里
对外发言
嘴收回来
别人见到你
笑脸相迎的敬畏
你自己也难分辨

## 麻　烦

嘴皮的开合
脸皮的舒卷
有时会招来麻烦
不能怪眼睛
睁着看

## 伤　口

给伤口吃糖
不比揉盐

少一分痛苦

## 谣　嘴

造谣的
长“器”字四个嘴
居间藏形伏影
四面往外吹

传谣的
长“品”字三个嘴
一个辩不出真味
两个开口就醉

信谣的
长“O”字一个嘴
有脑无弦口常开
说想都不累

## 爱

爱我朋友的人
不一定爱我
爱我敌人的人

肯定不爱我
我敌人爱的人
没准也爱我
我朋友爱的人
不都会爱我

## 季　河

戈壁荒凉的记忆
有它的影子

冬天雪崩　夏天山洪　秋天霪雨
给它以混血生命
而它只能用春天
分辨血型

一路壮阔　一路咆哮
给山崖抹上波光
让崖畔摇曳花影
流到这里很累　还是多亏
季节

冰雪融尽　山洪蒸发　霪雨天晴
无奈徘徊于形消力尽

无奈躺倒于如牒湫隘
只有曾经炫耀的铠甲和旗帜
守候奔腾澎湃的梦影
还是多亏
季节

## 孤　叶

谁把一池墨
泼在蓝玻璃上
让白杨树赤裸裸的枝条
向树干流淌
流出一幅
抽象派风景

冬来的画师
把一树墨绿
泼进土壤
只留下一片叶子
看不清黑红灰黄
没有主色调

像一只疲惫的鸟
抓不稳树枝

随风摇晃
欲飞选向不确定
望着天空
犹豫的停留

它不愿和众叶
一起抱根系探索
自信是旗帜
挂在枝头飘扬
来春花和叶重返树梢
不知它的去向

## 灯

在灯下走路
只相信自己的眼睛
会忘却背后的黑暗

灯，倏忽地息灭
耳朵看不到方向
眼睛也失去听觉

只有这时，灯
亮在你心头

才无比灿烂辉煌

## 蝙　蝠

偏等到太阳落山
天色朦胧才飞
像魔鬼抛出的
一把梭子穿来穿去
编织黑夜

搅乱了一片片灯影
是驱赶光明
还是好奇

白天无奇不有
太阳比灯
更亮

而这时却不见蝙蝠
穿梭飞翔
这追逐灯
却害怕阳光的怪物
躲到哪里

## 如　果

如果情感不受理性制约
必将导致观念与逻辑混乱

如果真理被谎言取代
正义就会受到侮辱和屈冤

如果法律受邪恶驱使
它就会变得无比的野蛮

如果权力使人妖颠倒
生活准则只有谬误和欺骗

## 恩　怨

雨中送伞也必有晴日
雪里送炭能暖过春宵

忘恩负义是一大缺德
“感恩”的“美德”不都可靠

行为定位基点是求助
还是一时的利益需要

这些问题在农夫对蛇
施救之前来不及思考

## 汐 泡

河水涨潮的时候
汐泡总是最先跳上涛峰
贪赏陆岸的景物
凭着没有瞳仁的眼睛

望着山谷，对花香品味
觉得不如鱼鳖的臊腥
鳞甲与花瓣，只差颜色不同

漫过堤坡，不禁大吃一惊
呀！这河底咋如此坚硬
莫如沿着这立起的河底
去别处另寻新景

随波逐浪，它跳到半空
看到层层楼台，盏盏街灯
这个嘛，还不是点点阳光
在凝固的水波上辉映

不觉爬上一抹河滩
猛抬头看见天上的星星
它想，那一定是自己的家族
不妨到银河去认个弟兄

它只想凭无知的奢望
把短促的一现化为永恒
没想到被一绺风吹去踪影



## 河　滩

我赞美河滩
　　这里的石子五颜六色
　　像大海退潮留下的贝壳
它平凡得不屑一顾
单调如烟云一抹
　　没有一蓬花草
　　给蝈蝈遮阴乘凉
　　不长一颗稻谷
　　供田鼠觅食过活
只有紫燕衔泥筑巢
不时呢喃的飞掠
　　剪着彼岸的柳丝
　　亲吻河水的柔波

但也不要怀疑
春风跷着脚走过
没有它揭去坚冰
　　这里岂能显露本色

不是高山
　　却有山岩的青黛
不是花坛
　　却有花儿的红火
不是苗圃
　　却有柳眼的鹅黄
不是田园
　　却有米粮的光泽
没有河流
　　大地将变成沙漠
有河无滩
　　陆岸会残损剥落
即使大自然的画面
　　不是缺一不可
但有它轻着一笔
　　两岸风光才如此和谐

我要走向生活
迈出没有忘记冬天

也留恋春天的屋舍
奔向冬天没有忘记
春天也没遗忘的角落
去探索丰富中的单纯
　　单纯里的众多

## 家　雀

天刚亮，见窗外刺槐满枝着花
色不妖艳却有质朴无华之秀
你们好，麻雀，我的北大荒老乡
又给我传来什么新的顺口溜

家乡的人、鼠、猫、麻雀
都适应冬夏酷寒酷热气候
粮多喂得耗子腰粗臀胖脑满肠肥
肉多养得猫见鼠玩玩逗逗就放走

麻雀以每只一年捕捉万条虫总量
仅仅换取秋天一捏谷粒糊口
科学家认定它们非属“四害”
平反结论是奉献大于索求

准是听声调似病非病牙疼似的歌

“常回家看看”才飞到我的窗口
嘻嘻哈哈传诵老百姓绝妙好词
到底是我家家雀　落我家枝头

## 钻　探

山是静止的浪，浪是流动的山
一群特殊的候鸟
在流动和静止之间
找到一个没有严寒酷暑的季节

这是一片凝固的海
有火与冰凝结成的彩虹般童话
以合金利爪抓破坚而硬的地壳
才触摸到海之梦

于是裁下彩虹一片
托风去讲述安徒生讲过的故事
自己在静与动之间
又去追逐卖火柴小女孩的笑声

## 山　医

荒山石缝纵横

像病妇满脸愁容
风是它急促的呼吸
风停了　体温上升

钻机架在嶙峋的肋骨
手握刹把听心音搏动
电测仪透视　钻杆针灸
新针法专扎骨头缝

原来矿苗是足月胎儿
正在大山腹中骚动
快把黑宝宝接出产道
给山来一次放弃的轻松

## 信

老妈妈怀着激动的心
收到女儿从远方的来信
寄信地址是阿拉善草原
信封还沾着边疆的风尘

拆开信她闻到沙枣花香
字里行间现出道道防风林
在迎风起伏的草浪里

传来一阵奔腾的蹄音

挤奶姑娘正是他的女儿
几年前还是上海的中学生
从小最爱站在外滩的棕榈树下
看浦江上的海鸥击浪穿云

如今大学毕业到另一个“外滩”
塞外的风光比浦江还迷人
草原像浩瀚无边的大海
一群一群牛羊如浪花翻滚

她看见女儿像矫健的海鸥
在畜群色彩的波涛上飞奔
打开书本辅导放牧技术
掀开药箱给奶牛注射防疫针

怪不得她对草原比大海情深
为给城市提供健康的奶制品
女儿到祖国母亲怀中取乳
书信行行读出妈妈的笑纹

## 织　女

这里没有天女散花，

我却看见散花的天女。
回族织毯姑娘，
正有天女婀娜的风姿。

腕像嫩藕，手似玉雕，
却有技巧与力量的结合。
昨天是勇敢的牧手，
今天又握起竹梭。

挥剪修出草原风光，
绿茸茸毯面像辽阔的牧场；
骏马扬起四蹄栩栩如生，
小伙子甩着套马杆紧紧追上。

也许这调皮的小沙粟，
曾伴她演练骑射打靶；
也许那年轻的小伙子，
曾向她倾吐甜蜜的情话。

轻点，再轻点，小伙子，
莫把姑娘的情思惊扰；
她正编织最美的春色，
用心中抽出的线条……

## 琵琶女

渠水伴着草浪节奏流淌
百灵鸟追逐云影歌唱
乌兰牧骑在渠畔舞台演出
姑娘们穿着达子香花时装

她怀抱一把马头琴出场
眼睛比渠水清澈明亮
纤细的手指也长了眼睛
叮叮咚咚把琴弦拨响

## 幸 福

是雨后一弯彩虹
象征吉祥安康
你到虹影里寻找源头
它就若即若离躲藏

忽见它变成等圆的彩环
抛入水天相接的湖塘
你掬起一波湖水
虹源就捧在手上

# 急转的过渡

当面抽出档案袋里一叠黑色幽默
让一根火柴笑成碎片飞入一代青烟
宣读平反决定，市司法局也催报到
我还是从麦地捡起一篓方块字去上班
任我专职宣传兼法律顾问处律师
还要挂上不定期的《法制》小报采编
不是当年总机厂任命的三块矿石矿长
也有三块职权在笔尖缠绕、舌尖流转
来者不拒，有求必应，家中访客盈门
免费代写七十九件申诉状都昭雪平反
对广场公审和庭审判决的死刑
我认为不该死就提请高院重审改判
迎着刑场的枪口救下三条年轻的性命
李三帮、李森、范羔的脑袋才没落荒滩
受托为被告出庭代理三十六起
只有四起造成我执业疲惫的心理厌倦
一起是芦花台火车站三个青年工人
休班到红果子车站找同行朋友耍玩
晚上在宿舍碰杯，却无处买下酒菜

就窜进东庄一户农家院内的鸡栏
主人在屋里听到响动开灯隔窗张望
一个小青年在外摇晃威胁的扁担
主人没敢出屋，三只鸡被抓去下锅
报案侦破，六个吃鸡人被捕入监
我当庭认为本案犹属轻微犯罪
充其量标的三只鸡不值几个价款
社会危害也非同入室、飞车或路抢
理应按《治安条例》处罚
法律适用应当有理性与和谐的伸缩
六个小青年工作和家庭都得以保全
辩到最后还是按抢劫定罪重刑下判
“鸡”案代理失败，又接一起“瓜”案
三个小青年把卖瓜的抢空一篮
我出庭仍坚持“鸡”案的抗辩观点
又对号判刑，给我再次失败的遗憾
“鸡”案“瓜”案只有微不足道标的
九人涉及九族几十亲眷父老团圆
轻微犯罪非经治安处罚的判刑结果
在全市司法界引起哄动的质疑和笑谈
我的观点在质疑的议论中受到肯定
律师的名气也在全市各个角落传遍
局长邹献朝又交我一宗特殊的案子
嘱我先阅卷后拿出一个定性意见

原来是总机厂办公室主任李成林
整我时煽风点火极欲置于死地求欢
这回他调到西山矿农场当场长
竟利用职权与五名农工家属成奸
受害人告到公安将他逮捕刑拘
我拒绝代理辩护，仇人依法避之而远
但装糊涂反问：“领导利用职权胁迫
不胜于暴力屈服或持械挥刀叫板？”
一句话提醒邹献朝亲自动笔拟稿
定性强奸犯罪的意见附卷退到公安
羁押到期也不放人，移送检察起诉
法院判李成林强奸罪坐牢四年
一天夜里我正掩卷准备上床休息
家属院邻居徐世成悄悄进门求援
说洗煤厂保卫科长武德新
唆使情妇将徐父肋骨打断
武德新带领农工给情妇院内建小房
房脊加高，引起相邻的徐父不满
在自家院内骂出声，被带工的武科长告密
停工唆使其情妇带人冲进徐家小院
情妇脑袋像炸弹射到徐父胸部
炸断三根肋骨，有住院确诊的 X 片
想起十年岁末，我的九岁儿子赶鸭
科长情妇之子往我儿子身上撩水挑战

没打过我儿，就仰仗科长告到保卫科
武科长为情妇之子出气也认真办案
抓住我儿子边打边说：
“今天打你
这个狗崽子，我就有这个权。”
孩子被放回来，给爸爸看打肿的脖颈
我也找到保卫科，对武德新掂一掂笔杆
“你身为保卫科长恣意殴打社会儿童
不就仗着你腰里掖着二斤半
再加上你前边吊着的二两半
充其量你不过只有二斤七两半
你看我手上这支笔，可能不到二钱半
总有一天超过你身高体重，不信就往后看”
我从洗煤厂农场调到市司法局上班
他见面就主动打招呼，有时故意寒暄
过去的恩恩怨怨争取全部忘却
想不到武科长惹的麻烦偏又落到眼前
只好先安排一个律师为受害人代理
诉到法院按律对其情妇严惩
将武德新的问题推给矿务局纪检监察
也撤销科长职务，变工人下放车间
俗话说“三十年河东，三十年河西”
不可抗拒正义终将战胜邪恶的必然
见好就收吧，索性推掉律师职业
扬长避短，重操没几粒米的文学饭碗

# 老本变现

说过我会吃上良心和理智投入的十年老本
他打击迫害的二次开始，等于给我变现
我早就行贿，用批驳谣言诽谤的文章包装
为朋友两肋插刀，仗义执言的诗人肝胆
我现就贪污，吞你不让我交公的精力
和大约还要折腾几年的巨额时间
所以我乘改革开放班车投奔大矿区
只穿一条短裤和一件薄纱 T 恤衫
局长卜昭福在会议室隔窗见我下车
“你们看看这小子，穷的买不起裤子了
但他搞经济核算，你们在座的都得靠边”
与会的都凭窗引颈看我走进 L 型办公楼
省级刊物诗人又开始踏上人生转折点
卜昭福听我倾吐第二次迫害的愤怨
说：“你来得正好，我正缺你这号笔杆
本局聘你，会给你超出几倍的小庙臭钱
听说你从东北带来两匹通肯河狼
都来矿区，你先到矿办农场当狼场场长吧
再培育一批良种，为社会做点贡献”

矿务局派车将大朗小朗接到农场
我这个狼场长上任拿的第一笔工资
就等于在小庙石窟当文字和尚干半年
上任不久就带一辆大篷车回老家
又从祥富镇、百祥乡贩来二十头海伦狼
驯养半年，每头两万五千也被抢购出栏
随我同车来新区的通肯河狼种
已完成保镖使命和人品识别侦探
在场里留下一窝警犬杂交的小崽
两个朗朗都活到生命的最后一站
先后闭目告别，不忍抛尸荒野
都在腾格里与毛乌素交叉的沙丘火化
将骨灰分别装进小木屋运回通肯河畔
回乡为老母立碑修葺坟台
将两个朗朗埋在救过它们的老母身边
养狼只能拿上一点工资
矿区大建设，何不贩点建材赚大钱
塔吊和脚手架提醒我跑到移民城机修厂
订做一批钢窗投入在建的房地产
一笔结算的汇票净赚八万八
不仅买上移民城步行街一套商业房
两个儿媳娶到家也没花完
又一个电话打到交通厅长办公室
求他帮我把贪污的时间洒在路面

他说："你等着吧！诗人还能当包工头
除非你来当这个厅长，我替你去干"
等过了春节，躺在床上望天花板
似乎听见"叭叭"掉馅饼的声响
起床穿衣，觉得口袋自动鼓胀
似乎有一张接一张钞票往里钻
电话铃响了，果然财神爷叩门
桥梁处长通知让我承包五公里护坡段
段位在平罗县城至火车站立交桥北
供水有引黄大渠，供料有贺兰山
人呢？咱朋友晏培智是监狱政委
劳改队里什么人应有尽有，技能俱全
仅此一项工程干到七个月竣工验收
去掉监狱工料款，我一辈子工资净赚
被评为优质工程，还必须上路往前赶
又包给五公里，段位关马湖南至滚泉道班
"好马识途"，我也学会看图掌握技术规范
在监理指导下亲自上段指挥施工
没人理会你是什么编辑、记者
都知道你是诗人，见面却尊称老板
但看项目部也如同刊物编辑部
不过把"禾"边换提手也称"来搞"
来搞工程承包的，同样被修改增删
修一条排水沟，像稿面拉一道边框

铺两面方块网格，如一页一页诗篇
石砌一壁护面墙，是太阳读懂的散文
边沟和急流槽把星星溅出题头尾花
路面是滚滚车轮百读不厌的小说长卷
一座桥涵一个分号
而句号永远闪烁在车轮之前
我又干完一段优质工程，打的还是分号
接着转移到中郝高速兴仁镇段家川
车辆、砂石材料、技工普工
全部雇用村民，等于扶贫解困
包括带工、监工都放权交村长统管
有钱大家挣，友谊和信任就是力量
本段施工质量最好，进度最快
提前竣工，又受到优质表彰现场参观
到此为止，打一个句号了
我不能再随高速延伸越境入甘
交通厅长已宣布到站告退
区党委书记也过问我的复职　电话约谈
连续三年承包三段高速公路护坡工程
赚上三辈子的工资还必须按高标准计算
这么有意思的老板不当
也要感谢打击报复不聘、甚至开除的发难
还要感谢靠大字报起家的头头消防
他们永远也读不懂“人之初　性本善……”

# 春日轮回

踏上拨乱反正思想转弯的林荫大道
兜一怀三中全会的春风走来
接受区党委书记点名通知到办公室约谈
小老头见我进门，马上让座倒茶
我掏出加长“红塔山”递给书记一支
“好，抽你的”，他打开铁盒“中华”
“你也抽我一支，咱们有话慢慢谈”
书记先开口抛砖引玉，说：“你的信
我看了，也读你附来的诗，写得好
你很有才，多写，为精神文明多做贡献”
接着引入正题，问：“你信中说的新道长
和靠大字报起家的后台老板都是什么问题？”
只听我汇报客观事实，不谈个人恩怨
书记问：“到底因为什么把你开除”？
我说他让包工队把大锅灶台
安在我吃住和办公的小屋门边
超大鼓风机凌晨与夜晚的吼叫
就是高声宣读他预发的开除文件
吵得闭目难睡耳朵灵，闻声上楼抓贼

却看见俩脚尖朝上、俩脚尖朝下的舞蹈
守口如瓶，睁眼竟惹出麻烦
还有一次春节团拜，要求每人挥毫献技
我书楹联：“写字出神韵，画人无心肝”
下联疏忽，“有”字误笔成“无”
一字之差就被举一反三大会敲、小会点
诬我骂唱歌、跳舞、演戏的都无义
明暗兼施，给我树一片对立面
书记听罢笑了，说：“拨乱反正，
就是不许抓辫子、打棍子”
话题又转向遗风与帮派合流
人事上的拨乱反正与正反乱拨
具体事例书记问，我答，都秘而不宣
敢说：“你的组织部长屁股坐得不正
也有其典型的两面派历史表现
当年我曾在红卫商场遇到他当面质问
‘你身为干部部长，哪边有利往哪边钻
回家照照镜子，是不是两面派嘴脸？’
他低头走开。十年后他爬上移民城最高位
冤家路窄，狭路相逢不释旧怨
获悉区府下达移民城文联八个编制
我当然想占编调入，搞专业创作或办刊
主管常委和组织部长都提名支持
七常委六举手，唯有他这个一把手否决

一听我的名字脑袋就摇得像癫痫”
书记凝神听我讲完这个故事，笑了
“你不愧是诗人，敢说真话，有什么
就说什么，你在我这里，什么都可以谈”
我把话题又拉到新道长，问书记：“听说
拟提他当副厅长，已报到组织部
不知是否拿到常委会讨论通关？”
书记度步马上回座拉开抽屉
拿出一份材料看了又看，沉思无言……
谈到最后，还不让我退席
问：“你看谁能担任你们厅长？”
我答：“非杨杭生莫属。”“你的理由？”
“杨杭生不拉山头，不属于哪一派
现在也与遗风合流的帮派无缘
他作风正派，主管文化、新闻、出版
这一块多少年，业务熟悉，人也谦虚
密切联系群众，务实能干”
书记送我到楼梯口，握手告辞
不过一个月，杨杭生到任
大字报起家的老板被免职另任虚衔
不久跌倒瘫痪，直至永远闭上双眼
只手挡我占编调移民城文联的两面派
也被改任如同挂在边缘
退休失落感甚，反而患老年痴呆

还是回到移民城，孤独地死在敬老院
碰巧这个两面派的战友
当年到总机厂点火差点没要我的命
也折腾我调东北又调回　两次倾家荡产
通过战友为其子谋上副部长职位
却在北京一家宾馆畏罪自杀
给继承其父恶性人格缺陷一次报应归还
我的新道长呢？
其实还是诗人先后对他开了三枪
打掉他副厅长和两顶新新的处级帽子
该我扬眉吐气回单位上班
杨杭生说：“知道我来厅里，有你说话
老哥已向书记反馈，党组决定你回馆
可是扣发的工资，都被单位花了
理应依法补发。但厅里也没钱，你看怎么办？”
我一挥手：“由他去吧！应当感谢新道长
扣发的工资还不够我在外挣得的零钱。”

# 成功的反思

复职回馆看到的变化不出所料
刊物早就被新闻出版署明令取消
惋惜的是本区两大期刊也砍剩一个
痛心的是作者失去园地成了孤飞的鸟
编辑们职称真的是一张“纸称”
厅任主编上班也抽烟、喝茶、看报
其实《通俗文艺家》刊名就不伦不类
古今中外文论典籍无一语定义对号
文学作品在新时期有严肃与通俗之别
对广义的文艺范畴无此立论之道
通俗、庸俗、低俗只有一步之差
前者过分高调就容易滑向后者的泥沼
被取消刊号好比安徒生童话里八音盒
浅唱“一切都晚了，完了，完了，晚了”
我惋惜与遗憾的反思也来得太晚
当初面对邪恶迫害暂时妥协也如同脱逃
既然被时代楔进这一道夹缝
就该像一枚钢钉在编辑部死死钉牢
对不聘和停资威胁也雷打不动

他总不敢叫公安夺笔给你带上手铐
继续厮守小桌小凳的履职岗位
总能帮主编规避风险正确用稿
解决重文轻金与重金轻文的矛盾
关键时也可以大喝一声立马横刀
反思也“一切都完了，晚了，晚了，完了”
大家都失业，闲坐也并非自在逍遥
主编坐到退休，带孙子还不恋天伦之乐
竟主动钻进煤棚子选择最后的焚烧
与我同期调来的青年诗人赵福辰
对陈糠烂谷子的通俗甚感厌倦无聊
停刊，正好转向诗的方田耕耘
却被诗坛不景气局面冷却心潮
“诗兄啊！你看现今的诗该怎么写
篇篇如‘周诰殷盘，佶屈聱牙’硬套”
他在没有刊物的编辑部坐到退休
现代花甲，不老也弃笔养老
看电视宣扬海南一个水土含硒长寿村
特意飞到橙迈从初一度过十五良宵
双飞返回下飞机就住进医院
不过三个月就被癌魔牵过奈何桥
我退休还是退到自己的精神家园
时而有扫过脑际的思想风暴
觉得我又回到刚懂事的年幼

对成功与失误的反思从第一步寻找
歌德诗《塔索》中说："才华自然形成
性格则涉人世风波而塑雕"
如果我当初坚持研磨四平八稳算盘珠
用阿拉伯数字作帐填写一张张报表
可能会一帆风顺成为会计师、经济师
坐上皮芯转椅也四平八稳的可靠
但语言文字用途普遍反而成特殊功能
矬子里拔大个儿拔到我正青春年少
飘飘然被抬上方块字垒起的金字塔
疏不知这玩艺的风险如刀锋舞蹈
文字是散漫而又紧张的游戏
我往往不拘小节，成了一剂毒药
大大咧咧看什么事情都不太严重
被抓辫子摔下来，才有一点痛觉
不善于藏锋隐形更容易招来意外凶险
总机厂遇害，重险杀头，轻险坐牢
得救于始终与时代同难、同忧、同喜
像不懂事的孩子紧紧搂在祖国母亲怀抱
两次下放、十年蹉跎、一次开除的坎坷
不过是在母亲怀里如顽童调皮撒娇
正是不幸与坎坷为我赢得同情与支援
朋友的仗义才成为我唯一的传家瑰宝
在茫茫人海我走南闯北靠朋友吃饭

停泊靠朋友避风，出港靠朋友扬帆起锚
我有七个子女，长女次女前妻所生
今也儿孙满堂，还嘱他们对其母尽孝
再婚妻为我生下三男二女
一个在国家机关，四个电力企业上岗
都收入稳定，家庭美满，小康达标
我告诫孩子们：爸爸的优长必须承接
爸爸误入的陷阱，必须躲避闪绕
都要树立社会主义核心价值观
对今天好社会的养育勤奋回报
凡是帮过爸爸的好领导、好朋友
都是给孩子们施救赐福的恩人
感恩图报的美德要一代一代传教
《妙语辞典》载意大利马罗说：“成功只有一种
按自己的意思毫发无损过一生”
我虽无大成，也不出大名，但我努力了
该做的已做到，墙里丢的墙外补
得到的是物质和精神的充实
失去的是身外的虚无飘渺
才敢宣布我是人生的成功，成功的人生
在别人先笑之后，我后笑想笑就笑

# 名与实的糊涂

我的居所选择中山、海宝两大公园之间
南行进门五分钟　北去入园再加两分钟
早起练拳击碎的记忆融入粼粼湖波
傍晚竞走舒袖轻拂夕阳塔影
忽听窗外紫槐枝头喜鹊喳喳叫
大清早就被小诗弟的电话吵醒
说郑正自费办刊聘郎业成任副总编
专发“寻人启事”呼唤我重返移民城
当年号称新区半壁河山的煤城三杰
而我的名字被忘得越彻底越觉得轻松
他们派人送刊物　撑着油布伞进门
久别重逢，第一场春雨浇灌干旱的友情
移民城初建时　郑正是安徽“盲流”
进矿井像恐龙在史前大森林里爬行
在“四块石头夹一块肉”的缝隙
发现文学的光芒在一粒汗珠里闪动
上班　他挥舞大锹在工作面描绘生活
下班　就在一粒灯光下探索方格里的梦
硬是从井下一笔一画写到地面

成为移民城发表五百多万字作品的巨星
《郭栓子匪首覆灭记》长篇小说出版
在国内畅销　引起本区业界哄动
退休后患脑血栓顷刻倒在病床
爬起来　犹不甘寂寞坚持笔耕
听说儿子上当受骗又心急如焚摔倒
所有的记忆都瞬间退出大脑神经
像儿时牙牙学语重读阿拉伯数字
反复从1数到100　再从100倒数归0
忽然数出全部记忆恢复的奇迹
站起来反而比跌倒前更敏锐聪明
每天出门走路跛行也坚持走路
坐在电脑屏幕前就把鼠标拨动
又敲出70万字《无悔今生》长篇小说
古稀人战胜残疾的毅力笔落鬼神惊
儿子家资亿万开一座茶楼两大宾馆
出一点零钱让老子承包文化抢救工程
郑正就自费创办月刊《西部新韵》
为新老作者把练艺竞技平台提供
聘任的副总编郎业成也是下关东后代
来自“八一五”鬼子投降的沈阳北大营
栽培的《沙枣飘香》漫过人民日报副刊
又创办《煤炭文学》也全国公开发行
而当这株花树结出累累硕果

却让贪婪的猢狲馋得眼红
上树摘桃　也折枝砍断树干
刊物夭折　猢狲们得到多疾短命的报应
散文家、评论家郎业成却活得健康
文思学养堪比“庾信老更成”
想到当今缉拿老虎过百、小虎过千
可能已拍死过万碰头打脸的苍蝇
多少地方史志需要重新编写
已出版的精装彩印大厚本又要丢进垃圾坑
因而郎业成编写中国第一部地方文学史
坚决摒除唯权是取论史不公的恶劣文风
与王洪儒、郑正助我打印校勘诗集
使我结集的《生活牧歌》即将出版发行
活人写传叙事牵人负面最难下笔
涉嫌隐私更易招来暗毁明攻
我早就想据小说情节转换与对话简短
散文的形散神不散结合诗的抒情
试验三合一诗体写一部长篇自传
但碍于负面徘徊不定而持笔未动
看到郑正古稀身残志不摧而自强不息
撩拨我远离尘嚣消极养生如沉睡激情
让我灵感一触即发　倾泻一百八十天
《通肯河之波——闻钟诗体自传》六千行告罄
郎业成和我编选的新区《煤炭诗选》

区政协主席任启兴题词　老厅长楊承家赋诗
老教授、大学校长、副主席李增林作序
都说此书弘扬正能量　必受社会欢迎
离休的副部级领导干部李增林
以学贯中西研究古今诗词六十年教授而名
他教的学生刘国尧、雷抒雁都成大家名人
而他说自己反而对所谓现代派的诗看不懂
“我看不懂　人家说是诗，就是诗呗
都看不懂　好像就都没理由给他定性”
我给他例举一首能看懂的“诗”
“在蓝天白云和青山绿水的怀抱
醉卧沙场君莫笑”　进入 BRT 候车棚
李老说“：这是什么逻辑？诗在何处？
古代兵士临阵悲哀，怎么融入绿水欢情？”
可见名的虚实还徘徊在认知的糊涂
问“9·27”走的张贤亮　临终或许有名的清醒
敢说本区上溯五百年才出这座里程碑
下延多少年却不敢说哪一代超越碑顶
但其名耶　靠地盘操控和权力膨胀
搞一代一代否定之否定的骨牌效应
只恐否定别人　自己也等待别人的否定

# 老树着花无丑枝

## ——为《西部新韵》写新年献辞

轻轻地翻过2014最后一页日历，
聆听2015元旦敲响的钟声；
昨天已胜利进入历史的画卷，
今天又昂首亮出宏伟的愿景；
跨上贺兰骏马的金鞍放眼远眺，
我们又迎来共和国第66个黎明；
当年我们来自五湖四海，
齐聚贺兰山下也如临战鏖兵；
投身那火热沸腾建设场面，
是我们最值得骄傲的人生历程；
而今看我们坚坚实实闪光的脚印，
在楼群崛起层层叠叠窗口辉映；
我们流下的一串串热汗，
还在绿化树一圈一圈年轮里滚动；
我们在塞上江南移民城扎根落户，
儿孙都一代接一代在这里出生；
心抔于土，血浓于水，水乳交融；
一代接一代融入回汉团结大家庭；
宁夏是五湖四海游子回归的故乡，

石嘴山给了我们衣食之恩养育之情；
“老移民”老有所为像茁壮的老树，
还要涵养水土，吐纳玉露金风；
只能用宋代诗人梅尧臣《东溪》诗句，
“老树着花无丑枝”，赞美形容；
回忆与思考，感怀与哲理的蓓蕾，
总在老树心灵的枝头悄悄萌生；
社会需要文明进步之花尽情绽放，
挖掘抢救文化资源是我们的使命。

感谢区、市领导的关爱和作者的支持！
《西部新韵》创刊受到读者真挚欢迎；
新的一年要有新的姿态、新的开拓，
对办刊宗旨也要作出相应的调整：
贯彻十八大及三中、四中全会精神，
以“10·15”文艺座谈会讲话为准绳；
坚持“二为”方向、“双百”方针，
宏扬“真善美”，反对低俗，力戒平庸；
人民为主体，宏扬社会主义价值观，
实施“扶老、携幼、助青”社区文化工程。
你退休养老，闲得慌，累不着，
有灵感激情写诗作文，挥毫泼墨，
本刊发表，就给你一次快乐轻松；
你年少有志，课余或假期习作，

理想成为文坛上一颗闪亮的新星，
本刊辅导你用笔打方块字乒乓球，
让你掌握创作的准确、熟练功能。
为初学写作者搭造练艺竞技的平台，
不分学历，不看什么名位、职称；
首选有文学性、艺术性品位的作品，
突出中国风格为本刊主题刊风。
文学有文，艺术有艺，通俗不等于庸俗，
赝伪之间的矫作，独特不等于成功；
违背规律和理智的自由探索，是乱，
恕本刊概不提供版面破格采用。
欢迎作者和读者对本刊提出建议批评，
祝贺新老作者和读者进入新的一年，
身体健康，阖家欢乐，创作成果丰盛！

原载于《西部新韵》2015年1月号

第四辑

S H I D E D U O S H I

# 诗的掇拾

# 自 铭

生活有我　我有生活
诗中有我　我中有诗
写思念　凄婉沉郁
写感怀　真挚实在
写快乐　轻松舒畅
写理性　严肃深刻
写豪情　抑扬奔放

# 无　题

涟漪是湖水感觉的波弧
树梢晃动　由于风的吹拂
我更相信耳朵的观察
往往比眼睛看得准确无误

听到声音能感知苦涩酸甜
见到微笑未必分清厌恶爱慕
直观浓茶与可可都是混水
最可怕是透明里的脏污

2007 年 7 月 9 日

# 灵　感

旧居拆迁到市郊租房
胜似“采菊东篱下　悠然见南山”
窗外腾开杂物辟出一方菜圃
为诗不易　学圃何曾不难

稿纸方格与小园垄沟接通
墨水和渠水一起引流浇灌
灯下给诗苗松根掐尖打杈
白天入园翻土调节血液循环

西红柿亮出熟透的心
一首生根抽叶的诗却空长枝蔓
豆角挂一串串小刀急得爬架
看稿面字迹零乱不知如何修剪

大清早就被“缪斯”猛然唤醒
夜里西红柿至少被人摘去一篮
邻嫂怀疑市里下岗的没钱买菜
羞于明讨才背地出城“摊派募捐”

笑看垄沟脚印像一张张票据
急回身走进桌面诗稿的方田
诗苗只开意象花不结相思果
正缺少这脚印送来的磷与氮

2002年8月17日于尹家渠

# 诗与诗人

## 一

诗人是树　苦恼是虫
但不是天牛和夜螟
他是蚕　习于寒暑应变
敏感于风雨阴晴
吞食着阳光月光星光
吮吸着风声雨声世声
生活的光合积累
把“丝”素提供
伴着绽裂的激情
它悄悄地脱出蛹壳
在思索的叶子上产卵
在探求的枝条上蠕动
生命的树冠
因此而郁郁葱葱
“吐丝”先作茧自缚
灵感绷得越紧　诗
越易于一跃破茧而出

苦恼因而转化轻松

二

精神和物质
在灵魂的市场
同样激烈竞争
你没使自己变成商品
却成为精神的富翁
让时间在心里发酵
用形象思维过滤
储进小小的墨水瓶

灵感来了
灯光和日历就变得
比黄金和钞票更贵重
甚至不顾妻子脸上红潮
没空去理会她半夜嘟哝
时间的吝啬抠出的爆发
喷涌诗情

1988年9月30日于北京

# 第一个比喻

诗海行舟
也需要机警　敏锐　胆略
用联想的舵　夸张的帆
比喻的桨摇出一弯新月

我赞美第一个
把新月比作扁舟的人
他敏捷地撒网
打捞第一颗珍珠才算稀缺

我赞美第一个
把新月比作弯眉的人
他大胆地去吻情人的眼睛
最甜蜜的还是第一次相约

我赞美第一个
把新月比作银镰的人
他用机敏的油石磨出利刃
割第一刀才别有美的感觉

也许还有第一个把新月
比作那达慕跑丢的马蹄铁
骑手看见它撞击星星
就想起赛场竞争的激烈

第一个比喻不算产权专利
诗法也容不得鹦鹉舌学
重复别人与重复自己
都意味着空虚枯竭

1999 年 12 月 30 日初稿于北京
2013 年 5 月 2 日改定于银川

# 风筝与鸽子

鸽子　为什么
你能自由地飞掠
银灰色的羽翎
可以扫过蓝天
落脚　大地任你选择
而我只能呆板的
在一定的高度转悠
顶多是兜几个半圆
画着不规则的三角几何

风筝啊　这不是你的过错
问一问主人
是怎样模仿飞鸟
把你精心制作
连我也羡慕你的羽毛
炫耀的美丽谁也比不过
用你没有神经的翅膀
越飞得让主人喜欢
越挣不脱自我的绳索

2008 年 10 月 6 日

## 美的乞者

我是一个乞者，在诗的门外徘徊
长久地渴望得到她那美的施舍

她很吝啬，从不给我满足
又很大方，一切任我选择

我有爱，向她乞求深沉的琴弦
我有憎，要她给我高亢的鼓角

她都给了我，但我奏出的曲调
论风格流派，不知在哪一号入座

我爱太阳，第一次来人间报到
它就把光热力，注入我每根脉络

我爱朝霞，第一次睁开眼睛
它就像一片梦，在我的窗前飞掠

我爱山花，第一次学会走路
就接受它美丽芬芳的熏灼

我爱山水、星云、雪月……这一切
却都属于诗，早嵌入那稿纸方格

排排长短相交的格线如百尺高墙
常使我苦熬几个通宵也空无所得

山花一枝斜露，笑我如醉如痴
问过多赏玩会不会反而感到淡漠？

朝霞抖动彩衣，问我：“美吗？”
说泛泛的形容，会使它失色

太阳摇着金冠，愿我与它同寿
替他搬运装满闪光诗句的筐箩

大树小草，笑我只会涂红抹绿
而春天的色彩多么丰富、繁多

飞禽走兽，嫌我空虚浅薄
都不在陈旧的词藻里觅食做窝

只有星月调皮挤眼弄眉
劝诗“妹”可怜我这号笨拙的诗“哥”

她悄悄地送来一包成套技术
我如获至宝，都看成是真货

在“比喻”里，我用上牵强附会
没想到，却经不起逻辑的琢磨

在“联想”里，我抓住荒诞离奇
又与新巧薰莸同器，一炉不存冰火

在“夸张”里，我选中一切都破
险些使自己跌入无底的深壑

在“含蓄”里，我操起晦涩难懂
连“谜语”迷们也搔首走脱

气得我干脆和诗——这个“她”分手
而“她”，偏要来去无常挑逗情波

去了，掠走沉默的充实
来了，送我充实的沉默

有时，仿佛和我很投脾气
也是个直筒子，不带拐脖

笑我这个乞者找错了大门
她并不在书行和稿纸上藏躲

谁想得到她慷慨的赐予
就要勇敢地投入沸腾的生活

于是我要像基督教徒一样虔诚
把诗作为一种信念不断地求索

在这诗的春天里，改行乞为耕耘
坚信总不会永远成为美的无产者

收入宁夏人民出版社 1984 年版《飘香的沙枣花》

# 无　题

一

我欣赏出生婴儿的一丝不挂
他没有名字之前的名字，是“美”
我欣赏年轻母亲温柔的眼睛
透过它能看到充满慈爱的心内
如果洁白的奶子没有香甜底蕴
倒不如饮一杯凉白开水

二

你把稿纸作舟，笔作棹
不懈地打捞艺术珍宝
甩过书行的溪流，词典的港湾
网来柳荫、花影、蝶舞、蜂闹
而今你又把情丝的网撒向生活的大海
我羡慕这诗的报偿，美的酬劳

收入宁夏人民出版社 1984 年版《飘香的沙枣花》

# 诗的杂感

## ——读毛泽东诗词书信随想

李清照的“黄花”世人都识其色香的“黄花”
毛泽东拈来以大实话点染战地，意境更妙
不论怎样扭曲、变形、西化句式“创新”
读者没耐心揣摸猜想，早把“黄花”丢掉

过“雄关漫道”有“铁”字险韵，才出此警句
“自由”发挥易使读者进入催眠感觉
“从头越”随意扩展，“马蹄声碎”表现的
队伍形象，就会被引入云山雾罩

“大雨”“幽燕”“渔船”各有形象定位
如故作朦胧堆砌花言巧语浮华词藻
盖上标题，会使人读得昏头晕脑
弄不清诗出连云港、鼓浪屿、葫芦岛

并不都以抒真情说真话写真诗为快
《人民日报》才设问“诗的翅膀能飞多高”
赶风头故以虚情假话伪诗发表为乐
嘿嘿！诗坛岂不门外冷落　门里热闹

从未听说过几种诗刊
每年投入与产出比和发行量到底多少
只听诗友出楹联“想当诗人才写诗
诗的读者是诗人”其实自我解嘲

殊不知诗人读诗人的诗也各有绝招
读不下去就“轻轻翻过”随手丢掉
爱看的单等年终选本与合订本问世
再逐本拆钉撕扯选留薄薄一沓剪报

40 年前毛泽东即兴谈诗的几封信
似乎对 40 年后的诗风也看得明了
叹“现在的新诗，太散漫”的“现在”
何谓诗？读者看挂冠也像瓢式问号

有“性”与“情”分离流“散”伪装，就有
“诗”与“歌”、“主”与“客”脱钩“浪漫”假冒
既非散文又不具诗歌属性的“四不像”文体
发表吹成“明珠”却和“诗”这“鱼目”混淆

东施效颦与国际接轨否定古国诗史
邯郸学步故弄汉译欧、欧译汉腔调
逃避生活各树一帜独来独往“探索”
岂不是宁愿孤守社会边缘化的自在逍遥

你重韵律是你一代“小米”加“三八大盖”
我搞“自我”是现代“捣蛋”和“留蛋”炮
发表就有存在的价值，你不看总有人看
说不定100年后会成为席上珍　掌中宝

“为诗不易”好比驯服一匹悍烈的野马
不戴绳缰铁嚼就难使坐骑飞跑
所谓形式创新漫无边际的“自由”、随意
无韵难出警句，莫如商品说明创意广告

口语句句都有平上去入的表述和谐
提炼成诗的“实话”才经得起“月下僧敲”
“任尔东南西北风”，广韵新韵十三辙
是老祖宗由字到诗的第二大发明创造

精神贫乏，词采逊色，欠缺文字功底
以压根没掌握用韵本领而虚妄自高
冒出几星“闪光”怪句就东拉西拽膨胀
如此“转型”杰作何必偏贴“诗”的商标

“诗当然应以新诗为主体”的“当然”
在于尾字可以不押韵，却不可生捏硬造
提倡“新诗在古典和民歌基础上求发展”
一重炼意炼字韵味　二创新求美出奇生巧

历史曾有过“模式”起哄“标准”专营玩笑
形式与特色被视为异类就别想发表
抒真情说真话写真诗只能由自己“贪污受贿”
或贴“8分”邮票，退稿是特别关照

吹、捧、推、炒形成的十二级风势
有王者之风诗人毛泽东想挡也未必奏效
而今任其假话化繁、大话化杂、空话化滥
违背人的天性和理智输不进大脑

“小小环球”人类不朽，诗歌永恒
精神价值岂能与陶瓷、书画作世俗比较
影星歌星尊称观众听众是“上帝”
诗人不争大众知音，必被“上帝”弃抛

新，不都属于文明进步；多，不等于繁荣
有生活积累才有“形象思维”的感悟燃烧
在理想与现实体验中诗情爆破写出多少
价值观的定位都在读者认可的社会需要

2007年9月9日

# 裸者与生者

据国际在线网报道，某号称“前卫诗人”说：“衣服代表了诗歌中众多的枷锁。”他在朗诵会脱得一丝不挂，公安认定其公共场所故意裸体违法，处10日拘留。诗之有感。

——题记

他曾接受一帮吹星族崇拜的邀请
所谓“行为艺术”表演名扬塞上古城
当众浴足，臭脚戏水挑逗“关关雎鸠”
手里还一页一页撕毁他痛恨的《诗经》

他该比孔子整理诗300时更早受孕
却在历史的子宫怀到二千年后出生
从尿布开裆裤到西装夹克衫都是形式
着装的限制影响诗的细胞发育晚成

于是他走进北京某单位举办的朗诵会
当众脱得一丝不挂，好不愉快轻松
他说：“衣服代表了诗歌中众多枷锁”

裸体装弹对准目标，却是马后炮轰

假如屈原李白普希金艾青都来旁听
看裸者表演是哭是笑还是瞠目失惊
如他们也不懂不会胡诌胡写乱捧乱吹
抛开形式“枷锁”其诗何以世代传诵

“枷锁”并非“众多”，无须过后再争
早有双重标准，既可公认又可自封
谁想怎么写，分行发表就是诗了
没一个读者，就等于公认的肯定

意境词采格调情韵新美优雅今诗和古体
被挤上中小课本、广告标牌、公交车棚
带“枷”写一辈子，不如他手铐圆梦
被处10日拘留；“咔嚓！”一裸成名

原载于《夏风》2008年第1期

# 新法译古

床前明月光　我抓一把床前亮晶晶的月光
疑是地上霜　均匀地在我屋里洒一层白霜
举头望明月　我举头看明月抚摸我的思念
低头思故乡　低头听《常回家看看》心急发慌
——李白

鹅　鹅　鹅　鸵鸟是我大哥，走相和派头差不多
曲项向天歌　但它的黑毛不浮水，曲项不会向天歌
白毛浮绿水　骆宾王才不理会鸵鸟和鸡鸭，赞美我
红掌拨清波　我若不唱自我我的歌，怎叫鹅
——骆宾王

肠断春江欲尽头　老杜伤心让江水漫兴竟漫到今天的
杖藜徐步立芳洲　诗坛，甚至小到社区黑板报编辑部
癫狂柳絮随风舞　这首顺口溜只能由老杜打手机短信发表
轻薄桃花逐水流　谁管得着谁如柳絮癫狂桃花飞舞
——杜甫

重重叠叠上瑶台　只有巫婆和算命道士写一首烂诗
几度呼童扫不开　才自称内容蕴涵不同解释的玄理
刚被太阳收拾去　好一个苏轼分行散文直白的朦胧
又教明月送将来　世上什么阴影无法打扫妙在含蓄
——苏轼

2008 年 12 月 19 日于银川

# 实有其事的幽默

## 一、改诗

来稿诗中“扬起眉睫”
编发改成“扬起眉毛”
不看“谐”韵的舒“眉”意境
仰面可“扬起鼻毛”
扭脸可“扬起耳毛”
脱裤子更有毛可扬
岂不正合好色的需要
作者见报说“毛”的幽默
逗出副刊部满堂大笑

## 二、自嘲

班车暂停　到田边茅厕减压
不知谁撕一片现代“阳春”
　　　　　　点染“白雪”
竟被积肥老乡的铁钩
湿漉漉搭在一边

说庄稼人不视此物高雅
　　玉米种子碰到它
　　也读得昏头昏脑
扎根还要多拐几个弯弯

怪不得旅归首府
只买上一册冷落一本遗憾
女老板一听刊名，摇头表示
没见过这种蚕农产品标牌
　　让你先读她露脐衫的“丝”
　　她也用奇怪的眼神读你
说你要买的“稀”刊是进口商品
去外贸填一张特需订货单

物以“稀”为贵
人以“诗”为贱
赶快走开！恐怕你再不走
被人误会你是专倒稀贵的大款

# 附 录

F U L U

# 一枝带刺怒放的野蔷薇

郎业成　张玮玲

当他人停滞时我会前行

当他人入睡时我会清醒

——加西亚·马尔克斯

诗是神圣的。古希腊神学说“诗是上帝通过凡人之口说出这样那样的话，排列成行就是诗”；孔子搜集整理的305首诗歌总集定名《诗经》，经者，神物也，可见诗的崇高地位。中国也是诗国，古代文学史就是一部诗史，上至帝王将相达官贵人，下至普通百姓，莫不受到诗的教化熏陶。很难想象一个文明的国度会没有诗歌，一个伟大的民族会没有诗歌。诗歌繁荣肯定是一个具有高度文明的国家和民族的标志之一。

诗人也是神圣的。戴上一顶诗人的桂冠，他就有神圣的社会使命和责任。好的诗人，会千古称颂，好的诗篇会流传千古。闻钟就是当代一位值得推崇和佩戴桂冠的诗人。

据《中国当代满族作家小传》记载：闻钟，原名白闻钟，1940年10月17日生于黑龙江省海伦县百祥乡马家围子，六岁就被父亲送进幼学《百家姓》《三字经》《千家诗》的私塾学堂读书。十六岁中专毕业，先后在煤炭企业和政府机关做过经济核算、秘书、报刊编辑、记者、律师工作。1984年调任《宁夏群众文艺》诗歌编辑。1958年下放伏尔基河军垦农场劳动锻炼，时年十八岁开始发表新诗，坚持“生活有我，我有生活；诗中有我，我中有诗”的为文之道，站在时代的高度，以独特的视角从不同的侧面聚焦，选题、立意、构思、艺术表现手法巧妙。闻钟是创作成熟的诗人，也是爱党爱国，为弘扬“真善美”，针砭“假恶丑”的战士。但他从不为逐名趋利热衷于包装炒作身价，有些诗写出来不急于发表，以灵感和激情得到释放解脱为乐。他是具有独特气质和个性的诗人，其诗具有深刻的思想内涵和理性，以及别具一格的艺术特色。讽刺诗和议论诗，在当代诗歌中具有经典性和代表性，他能言人之不能言，敢言人之不敢言，体现了“诗言志”的本质和作用。他视诗为生命，以诗人的良知和崇高的社会责任感关注生活，以其精妙的诗作奠定了他在宁夏文学史上不可否定的重要地位。同时他也是一位在全国颇有影响的民族诗人。

先看闻钟十八岁诗的情窦初开，写的一首矿山情歌非同凡响：“天上星星真会落/一落落到哥头顶/不是妹妹盯得紧/哥还以为是矿灯。”诗的构思独特，表现手法出奇生巧，不落当时民歌流行的俗套。

诗人为准备恢复创作试笔，1975年5月10日发表于《宁夏日报》的《信》，一反“山花烂熳”“红旗招展”“朝霞漫天”等革命绝句化的诗风，可见诗人不随波逐流的艺术个性。

老妈妈怀着激动的心/收到女儿从远方的来信/寄信地址是阿拉善草原/信封上还沾着边疆的风尘//拆开信就闻到沙枣花香/字里行间现出道道防风林/在迎风起伏的草浪里/传来一阵奔腾的蹄音//挤奶姑娘正是她的女儿/几年前还是上海的中学生/从小最爱站在外滩棕榈树下/看浦江上的海鸥击浪穿云//如今大学毕业到了另一个“外滩”/塞上的风光比浦江还迷人/草原像浩瀚无边的大海/一群一群

牛羊如浪花翻滚 // 她看见女儿像矫健的海鸥 / 在畜群彩色的波涛上飞奔 / 为给城市提供健康奶制品 / 她对草原如大海情深

这是源于大自然的生活体验的真诗，开头就把上海收到的“信封”沾着阿拉善草原“风尘”的时空跨度，推进读者好奇的想象空间，看一眼不得不接着看，接着运用联想、比喻、夸张手法把读者从外滩引入畜群像浪花翻滚的阿拉善草原。诗写得很美，有点普希金抒情诗的味道。

继后恢复创作，像喷泉一样发表大量抒情诗，先后九次获全国煤炭文学和少数民族文学及省市级诗歌奖。闻钟的抒情诗，是从生活中采撷的花朵，格调高雅，清新俏丽，饶有风趣，韵味隽永。《野外诗趣》组诗，被 1987 年 11 期《诗选刊》选载。特别是诗人的 60 行《祖国》，写得感情真挚，深沉，大气磅礴，“我”的爱国的赤子之心令人感动，抒发了祖国与“我”是不可分割的情怀。

闻钟也擅写讽刺诗。法国著名诗人、美学家、文艺理论家布瓦洛，在他的名著《诗的艺术》中说：

讽刺诗从古就是真理手中的武器 / 用极度的夸大

手法写他的泼辣讽刺 / 他的作品充满了丑恶不堪的真实 / 同时却又闪烁着美妙无比的好诗

闻钟的讽刺诗，是他对“丑恶不堪的真实”的深度关注、观察、理解，他以敏锐的眼光，独特的视觉，透彻的领悟，恰如其分的把握，切中要害的笔触，写出令人叫绝的佳段佳句。它是一枝带刺怒放的野蔷薇，刺是匕首，是投枪，警醒人世、净化心灵；花是智慧，是教化，寻求真理，揭示正路。

当然并不是所有的人都能正确理解讽刺诗，布瓦洛在《自讼》一诗中说过：

——有人说：写讽刺诗是个倒霉的行业 / 只叫少数人开心其余的都不服帖 / 其后果十分可怕，在这冒险行业里 / 芮尼曾不止一次被恐惧逼着追悔

闻钟依然以诗人的良知、良能，勤奋地写着他的讽刺诗。针对某些人不择手段捞名写出的《也名人》只有二十个字，一看机警的标题就令人发笑。再看他讽刺断章取义、抄袭窃块拼版的《软皮蛋》：

好不轻松挤出产道 / 它就叫个没完没了 / “咯儿

哒、咯儿哒”/炫得邻窝也齐声帮炒/汉语音译是“个儿大”/拿起来体积也不算小/却是个半成品软皮蛋/比成功不成名的新奇/有成名不成功的奥妙/托在掌心对日光阅读/这家伙有点聪明绝招/咬一口装饲料的塑料袋/就在肚里把薄膜仿造/软皮里克隆的清黄/似乎临界分明而又混淆/总有它体温和时间配比/成型问世就没人说假冒/久留，只怕风干霉变/速食，生理缺陷味难调/恐牛魔王乘机隐形/钻进孙悟空肚子里打闹/还是放回原窝作引蛋吧/管它风吹日炒膨胀发酵

读来妙趣横生，讽刺到位。

诗人痛恨腐败，以寓言手法巧妙地构思，写一首《麻雀搬家》，竟敢骂道：

我 × 你祖宗/怪不得麻雀群众说这小子贼贪”//一项决策出台不同设防范机制/就给这种鸟提供机遇留空可钻/打着所有权和经营权分离的幌子/挂羊头卖狗肉　捞断子绝孙黑钱

谁读了这首诗，都给谁出口气，真是痛快淋漓！

列宁批判形而上学的诡辩论指出的要害是“形

式根据，利用形式上的相似性，否定人们公认的客观标准‘质’的规定性”。一语触发诗人的灵感，闻钟利用“规定性”真理的“质”反推，抨击某些只顾捞钱撒谎诡辩，不讲诚信道德的现象，又以尖锐泼辣的诗笔展开形象的议论：

扒手练十指　娼妓练笑容／他磨砺牙齿练以假乱真功／你“实事求是”他“求似是非是”／弹簧舌缠着时针逆向倒行／／你说叶子经霜从树枝脱落／不必对哪一根枝梢定位求证／他会说叶子是从云中飘洒／来自他亲眼所见一场秋风

构思巧妙，联想比喻的艺术手法独特，对诡辩者的嘴脸刻画得惟妙惟肖。

前几年电视、街边、社区和传单小报，随处可见医药广告泛滥，不乏有些伪科学骗人的东西，几成公害，又触发诗人的责任感和独特的视野，以诗美哲理的议论写了一首《医药广告》：

暂时来不及清理的广告牌／和环卫工人当天扫除的传单／好像这些垃圾产生之前／就没有一家医院／没有医院就没有药品／没有药品就没有药厂／没有药

厂就没有药店／没有药店就没人买药／没人买药就都像老虎和山鹰／特别健康……

山鹰不打喷嚏不流鼻涕／但人说“鹰栖如寐”／怕被误诊为脑血栓／小憩依旧两眼轮流换岗／老虎不便秘不阳萎／但人说“虎行似病”／不听憋毒瘪肚瘪肚憋毒／壮阳阳壮阳壮壮阳广告／依旧大大咧咧一步一晃走了／特别健康

读后真是拍案叫绝！全诗都用大白话，大实话，似乎说了也等于没说的大废话排列。但却读来津津有味，丝毫没有铺陈堆砌之感。正是这些人人心中有的大实话，让闻钟钻了人人笔下无的空子，层层回旋叠错，句句铆合，就璧贯珠联成诗。抽掉其中哪一句大白话，诗的架子就散了。只有独具匠心的大手笔，才能写出这样的好诗。

闻钟的思想是随着社会发展，他的心始终是光明的，是进步的，他的思想有超前的一面，眼光有独特的视野，往往有的时候，人们对他不是很理解，待到理解他，对他叫好的时候，他却又前进一步，思想和诗的表达又深邃了，不断深化着自己和自己的诗。

闻钟是一位自觉的诗人。正像唐晓渡在《内在于现代诗的公共性》（载《郑州大学学报》2014年第1期）一文中指出的那样：“诗人更看重的是个体的主体、语言的独创性，发出个人无以替代的声音。”闻钟就是思想境界和诗的意境很高的一位成熟的诗人。他能在他的诗中揭示世界和社会内部看不见的、被压抑的、被遗忘的、被忽视的或者隐秘的东西。他的诗发出个人无以替代的声音，又是得到社会和读者普遍认同的。当年写出的《“友谊”杂感》《“同志”随想》发表，引起轰动和共鸣，许多人纷纷传抄、吟诵，甚至对诗人遭遇表示出极大的惋惜和感叹，说这是“落配的凤凰”写出的诗。诗人在发出个人无以替代的声音时，是永远的孤独者，但是当他的声音得到社会认同理解并被社会和读者公共享用时，他又不是一个孤独者。如果要给闻钟定位的话，我想，他是一位发出个人无以替代的声音的孤独的公共诗人。再看他用对话形式写的半格律体诗《同行》：

“我没到过矿山井下／对你干的那行很生疏”//“稻田煤田只隔一层顶板／上上下下同在地球进出”//“莫非井下田间也长五谷／却不知怎样播种收获”//“点葫芦是飞旋的电钻／种子埋进炮眼就开花成熟”//“原来井上井下都是大粮库／咱俩并肩在

地球播种汗珠”

用两人对话的形式写出，比较新颖，显得活泼自然亲切，与对歌相仿，一工一农的对话构思奇巧道出“并肩播种汗珠”为生产生活和工业食粮的爱国情怀。

大巴士班车就要出站 / 老站长开门上来检查 // 询问一个外国旅客护照 / 却说中国西部方言土话 // 老外也像残联聋哑会员 / 用不知哪国的“手语”回答 // 一个穿校服女生甘当译员 / 流利的英语使老外惊讶 // 站长下车也来一句“咕嘟白” / 差点没把几个小青年笑傻——《代沟》

这首小诗，信手拈来，妙趣横生，读起来都很美，从中看出诗人眼光独到，善于捕捉细微的细节之处，诗中充满了对生活的热爱和感悟，以美的心灵抒发出对美的极致的追求。

在20世纪60年代，《羊城晚报》曾就诗的本质和艺术方法进行过一次讨论，有说诗是“喷”出来的，有说诗是“烧”出来的，有说不管是“喷”出来，“烧”出来，总得用大脑“筛一筛”。诗人艾青参加讨论说：单“喷”不行，只“烧”不行，不“喷”不“烧”空“筛”硬抠更不行。生活中先有诗，后有诗人；而不是先有诗人，后有诗。诗人必须在生活中“受孕”、立意和激情“喷”“烧”“筛”至“分娩”成诗。脱离生活为诗而诗，抓住一点意象任意膨胀，泛泛玩弄词藻，通篇平平苍白空洞表现的“诗美”，读者看不到美在何处，也得不到社会公认的肯定，自我“抠”诗白费劲，多苦多累嘛。



不管是写文章，还是写诗，文从字顺，是最起码的要求。布瓦洛在他的《诗的艺术》中说：

你尤其要注意的是那语言的法程/你的文笔再大胆也莫犯他的神圣/你的诗让我读着尽管是铿锵入耳/文不从字又不顺，再动听也是徒劳//总之，语言不通顺，尽管你才由天授/不论你写些什么总归是涂抹之流

诗人是上帝的宠儿，自然之子。对自然界曾经发生、已经发生、正在发生、即将发生的事物，确发灵感和激情，以最简约的文字和精炼的语言，概括最大的时空容量，丰富的思想蕴含，这就是诗的本质，是诗与其他文学样式的本质区别。但是，现在有些

诗人的诗或故弄词语句式扭曲变形，或违背常理的联想，或不合逻辑的夸张，或不伦不类的比喻，或蜗牛跳蚤式的抒发或故意雕琢文字，伤害文字的明白畅达，甚至不知所云，让人看不懂。正像布瓦洛所说："一个晦涩的作家，谁能卒读他的诗？"诗无人读，诗歌自然也就没落了。

我们喜欢闻钟先生的诗，一个很重要的原因，就是他不卖弄，能看懂。很有些大白话，而且很有风趣，如诗人发表于《诗刊》1999 年第 7 期的《正月十五观灯展》，通俗易懂是闻钟诗作的一个特点，但他还有耐人咀嚼的另一面特点：

内陆小城　四不靠边／官不称已富　民不愿说穷／月亮爬上来看灯展／也像镶个灯泡的"假大空"//厂长像肥牛　工人像瘦猴／摊派集资款理由更硬／豁出几吨钢筋也争灯展大奖／……//报纸广播电视大上广告／说看灯展如临仙境／入园果然有"天女"飞吻／"猪八戒"摔耙　"八仙"扇风//别看外国搞出克隆羊／小城也展出"羊"克隆灯／……／好一个"包大人升堂问罪"／受审的贪官谁都不陌生//灯嵌在包青天透明的心／十五的圆月是护心镜／象征天心犹知人间正邪／民心可鉴　能分浊与清//近看灯对

月　什么都可见 / 远看月对灯　什么都朦胧 / 何必什么都看明白 / 灯在近处亮　月在远处明

这是贴近现实生活的一首令人叫绝的好诗，那些不知所云的诗如何能与它相比。诗人不问苍生，写些谁也看不懂的东西，诗有何用？而这首诗言之有物，句句可供揣摩，意味在文字之外，峭刻而又严肃。



作为一个有艺术良知和负责任的诗人，闻钟当然对诗有非常痛切的关注。他在《诗的杂感》中强烈地表达了他的关注之情。以诗论诗。

对诗的地位和价值，他不容置疑地指出“人类不朽，诗歌永恒”，这是诗人坚定的信念。

对诗歌的现状“想当诗人才写诗，诗的读者是诗人”表示了忧虑。诗不能成为某些人孤芳自赏的玩物，要把诗歌从贵族的殿堂下放到老百姓中间来，把诗歌还给人民大众，这是振兴诗歌的应有之义。

诗人闻钟，他对自己的诗作，却是十分苛刻，总感到有不足之处，仍然不断努力地超越自己，臻于完善他的诗作，向更高的境界跻攀。

原载于《西部新韵》2014 年 5 期